魔豆

魔豆

春秋異聞
卷七
懸槐祭
(完)
醉琉璃
著

春秋異聞

卷七(完)

目錄

楔子

阿祥伯伸個懶腰，動動僵硬的頸子，窗外漆黑的夜色提醒他已經到工作時間了。他有些提不起勁地離開打盹的椅子，帶上照明用的手電筒。

一打開小屋的門，一陣涼冷的風迎面撲來，阿祥伯縮了下身子，忍不住喃喃咒罵幾句。明明是炎熱的夏季，但只有這地方一入夜，風變得特別冷。

打開開關，阿祥伯將手電筒舉高，一大片蒼白的墓碑霎時映入眼底。

這就是阿祥伯工作的地方，他是一個守墓人。

墓地裡的寂靜似乎與死亡只有一線之隔，能聽見的只有唯一一個活人的呼吸聲。

燈光逐一而緩慢地掃過墓碑，阿祥伯只是要確定它們有沒有遭到破壞，至於上面所刻的字，守了幾十年的墓，就算閉著眼睛也能夠背出來。

下弦月已經來到夜空正中，微弱地發亮，顯示現在正是半夜。

希望今天的巡視可以平安結束。阿祥伯在內心叨唸著。因爲村子一年一度的祭典即將到來，村中來了一些外地遊客，尤其是來自都市的年輕人，總喜歡把墓園當成夜遊或試膽大會的地點。

連死者的安寧也不放過嗎?阿祥伯記得自己曾這樣破口大罵，還揮舞鐮子趕人。他抓著越來越稀疏的白髮，估計再熬個幾年就要找人接手守墓的工作，到時也得跟村長商量一下。

不過村子前幾天又發生了一起兒童失蹤案，村長這時候也沒心情談這個吧。阿祥伯嘆了口氣，繼續往前走。

然後，巡視的燈光忽然停在其中一座墓碑前，他背脊微微發僵，執燈的手停在半空。

阿祥伯聽到聲音。

一開始模模糊糊的，彷彿有人將聲音含在嘴裡輕聲哼唱。

但隨著阿祥伯意識到這是一首歌的時候，聲音就顯得清楚多了。

屬於少女的嗓音輕緩地迴盪在夜色中，清透如玻璃珠落地，又清脆得像是細雨滴在水面上一般。

誰會在墓園裡唱歌?

該不會……又是年輕人在玩大冒險?

這個念頭剛在腦海裡閃現，就被阿祥伯否決了，因爲他聽到了歌詞內容。

「一年三日懸槐祭，黃絲帶、紅燈籠，山神的小路開啓了……」

幽幽的歌聲如絲如線，明明如此空靈，卻又帶著一股奇異的穿透力，清晰地鑽進阿祥伯的耳朵裡。

「篝火燃，酬謝誰？可憐村民不知道，代神村，不見神……」

那明明是極其悅耳的歌聲，可是阿祥伯越聽越是毛骨悚然。

村子裡的神明大人明明就在槐山上，代神村怎麼可能不見神？根本是胡說八道！

如果沒有神明大人的保佑，花家那孩子失蹤了兩年後，又豈會安然無恙地歸來？

在墓園裡唱著如此荒唐的歌，簡直是大不敬！

儘管阿祥伯試著點燃心裡的怒火，可是比起憤怒的情緒，最先竄進身體裡的反而是一股寒意。

從腳底板一路直衝頭頂。

冷汗逐漸淌出後背，握著手電筒的手不禁顫抖，阿祥伯的心臟狂跳起來，他沒有辦法，他控制不了自己對那首歌感到恐懼。

他甚至不知道自己爲何會突然害怕。

就像是生物的一種求生本能。

阿祥伯連拿燈的手指也開始顫動，使得投映至墓碑的光搖曳不定，他的心臟像是下一刻會不受控制地跳出喉嚨。

「一年三日懸槐祭，黃絲帶、紅燈籠，山神的小路開啓了……往上走，可見我；往下走，陷絕境。可憐村民不知道，代神村，不見神……」

幽幽的歌聲越發明顯，根本無法不去在意。

阿祥伯手腳跟著出汗，他吞下一大口唾液，視線慢慢往旁游移，轉過的身軀有如扯線木偶般地僵硬不自然。

歌聲是從右後方傳來的。

阿祥伯猛地轉身。

燈光迅速驅逐黑暗，映照出一道蜷曲在墓碑前的纖瘦身影。長髮披散、素雅的裙子曳地，明顯是女性的背影。

阿祥伯哽在胸口的一口氣還是沒有吐出，他緊張得將燈再提高一些，直到看見對方映在地上的影子。

有影子，那就是人類了。

阿祥伯緊繃的神經總算放鬆下來，他鬆開肩膀，略帶責怪地開口，「妳在這裡做什麼？沒事不要跑到墓園裡！」

那道纖細背影在聽見守墓人的喊叫時突地一震，先是窒息般地沉默，接著頭抬高，轉過的臉龐立即打碎了沉靜。

阿祥伯重重倒抽了一口氣，尖銳的抽氣聲在夜裡特別清晰。

他認得那張臉，那是一張美麗又脫俗的臉孔，但鑲嵌其上的眼睛如此陌生。

那雙眼睛太過妖嬈詭異了，散發著艷紫光芒，如同兩團鬼火懸盪在夜空裡。

「晚安，阿祥伯。」少女的聲音優雅迷人，白皙的面孔襯得唇邊的紅色越加鮮艷，她款款站了起來，娉婷的身影宛如花朵綻放，視線緩緩對上年邁的守墓人。

「妳、妳……」阿祥伯噺著氣，驚恐地瞪著少女站立的身姿，「不、不可能的，爲什麼妳……」

隨著阿祥伯後退一步，搖晃的手電筒光芒反倒勾勒出散落在地面的物體，他的瞳孔登時劇烈收縮。

下一瞬間，手電筒掉落在地。

在阿祥伯驚恐至極的眼中，清楚映出少女紅艷艷的十根手指頭，以及被開膛剖肚的一具陌生屍體，汩汩的鮮血濡濕了地面。

但是地上卻不見任何刀具。

阿祥伯的視線又驚恐地往上移，這一次，他看見少女的手指不只鮮紅，就連指甲都尖長如刀片。

他整個人像被強迫壓進冰窖，冷得打顫，嘴裡擠出不連貫的呻吟，恐懼且急急地向後退，甚至絆到石塊，狼狽地摔倒。

「啊……」阿祥伯斷氣著，全身顫抖不停。

少女微笑地向前一步，那雙如同鬼火般的妖艷眸子緊鎖在阿祥伯身上。然後，她舔了舔沾在指尖上的紅色液體，漫不經心地逸出了柔軟的聲音。

「為什麼要這時候出來巡視呢，阿祥伯？你打擾到我的點心時間了。」

阿祥伯不斷發著抖，踢著腿後退，努力想要拉開自己與少女的距離，但他的背卻抵上了什麼。

略帶溫熱的觸感讓阿祥伯悚然一驚，他繃緊肩膀，慢慢地向後看去。他先是看到了一根黑色的柱子，但是那股溫度告訴他，這並不是一根真正的柱子。於是，阿祥伯又僵硬地往上看了看，在斜倒地面的微弱燈光照射下，他赫然發現，相同的柱子竟有八根。

不，那不是柱子，那是、那是——

阿祥伯渾身發抖，臉上血色瞬間褪去，他恐懼地瞪凸了眼，絕望地看向緊鎖自己不放的死白臉孔。

那是一張女性的臉孔沒錯，甚至連上半身曲線都是姣好曼妙的，可是她的下半身卻是黑色的橢圓狀物體！

這一刻，阿祥伯終於看清了蟄伏於墓園中的巨大生物，她擁有人類的上半身與蜘蛛的軀體，而八根細長的足肢此時正躁動地踩踏地面，使得巨大的後體部微微晃動。

她是、她是……阿祥伯牙齒打著顫，聲音彷彿被剝奪了一般，只能驚恐地嘶著氣，卻一個字都吐不出來。

那張女性臉龐擁有一雙詭異的暗紅眼睛，就像是看到獵物一樣，正緊緊盯著阿祥伯不放，嘴角拉出一抹歪斜的弧度。

「去……死……」嘶啞古怪的音節吐了出來，美麗又猙獰的面孔迅速貼向阿祥伯，尖利的牙齒咬向他的脖子。

隨著這兩字的落下，生物巨大的後體部猛然噴出白色絲線，洶湧地襲向阿祥伯，緊緊纏繞住他的四肢。

「救……」阿祥伯駭然地想要掙扎求救，但身體驟然失去力氣，連根手指都舉不起來。

他僵硬地看著那張女性臉孔離開了自己的脖子，明明恐懼到想要尖叫，但大腦卻昏昏沉沉的，彷彿連意識都快要消失。

然後，阿祥伯感覺到好像有什麼抓住他的頭髮，讓他產生頭顱被迫提起的錯覺。

但下一秒，阿祥伯就知道這不是錯覺了。他看到自己的身體離得越來越遠，他看到大片猩紅液體從脖子上的切口噴濺出來，像是一座紅色湧泉。

他的眼珠子慢慢轉動，對上少女雪白妖嬈的臉孔，那雙帶著紫光的眸子微微瞇起，卻透出了盛綻的笑意。

「你該感到榮幸的，阿祥伯，因爲你是第一個看到蛛女的人。」

少女高舉著阿祥伯的頭顱，愉快地笑了出來，一雙美麗的眸子瞧向佇立一旁的詭異生物，優雅的聲音迴盪在幽幽墓園裡。

「咯咯咯……明天，我的願望將會達成，我要讓那些愚蠢的村民們知道，什麼才是眞正的懸槐祭——」

第一章

懸槐祭，這是代神村爲了向守護村子的山神表達謝意，在每一年八月舉辦的盛大祭典。廣場上會搭起篝火與舞台，篝火須燃上三天三夜不可熄；而村中少女亦會盛裝打扮，在舞台上表演酬神舞。

由於今天晚上就要正式舉行懸槐祭，因此代神村從一早開始就到處洋溢著熱鬧的氣氛，不少村民的家門口都張羅起祭神用的桌子，可以看到婦女們忙進忙出。

受氣氛感染的孩子們正嘻嘻笑笑地在街道上亂竄，一下看看懸掛在上頭的紅燈籠，一下看看搭在廣場上的舞台，玩得不亦樂乎。

由年輕男性組成的青年團則在村子裡做最後的巡視，免得晚上的祭典出了什麼差錯。

在這樣歡騰的氣氛下，今年十六歲的夏春秋卻顯得有些緊張。他牽著妹妹的手，瘦弱的身形穿梭在人群裡，不時抬頭看看周邊的景物，藉以確認前進的路線無誤。

事實上，夏春秋之所以會出現在代神村，正是因爲接受了花忍冬的邀請，前往他的家鄉作客——與夏春秋一塊前來的，還有他的妹妹和另外五位同學。

原本夏春秋打算在祭典後，便央求父親帶自己與妹妹一塊前往母親的故鄉。之所以會有這樣的念頭，是因爲夏春秋幼時的床邊故事不是經典童話，而是雙親的戀愛史。

諸如母親因爲對父親一見鍾情而強迫父親與她一塊私奔，或是母親曾在人來人往的街道上，面無表情地對父親說出我愛你。

對於小小年紀的夏春秋而言，父母的相戀過程就像是一個精彩的冒險故事，因此他對於母親出生成長的故鄉一直有份憧憬，很想去看看究竟是什麼樣的地方，可以孕育出母親那樣的獨特女性。然而當他提起這件事時，父親總是笑笑地說，她與故鄉那邊的親戚本來就不親近，十幾年前就沒有往來了，他只好將這個念頭壓在心裡。

在偶然的閒聊中，夏春秋提及了他想要去拜訪母親的家鄉——黃槐村，卻從花忍冬口中意外得知代神村早時的舊名就是黃槐村。

爲了盡快獲得母親親戚的消息，在身爲當地人的花忍冬的安排下，夏春秋才會在今日帶著妹妹特地前往村長家。

原本花忍冬也要陪他們一塊去的，只不過身爲祭典籌備小組的重要戰力，對方一早就從床上被挖起來，讓村中長輩們拖去幫忙了。

「小夏，等人家忙完之後，會立刻趕去村長家找你們。」

想起了當時花忍冬邊被拉著走還不忘回頭對他們殷殷交代的模樣，夏春秋不禁窩心地笑了起來，只是只顧著思考事情的他，卻渾然忘了要注意前方。

被夏春秋牽著手的夏蘿雖然年僅十歲，卻比兄長來得注意周遭。

「哥哥。」

發現到前方有人正迎面走來時，她連忙拉了拉夏春秋的手，細聲細氣地提醒。

「嗯？什麼事？」聽到妹妹的聲音，夏春秋反射性低下頭，對上黑亮的大眼睛與巴掌大的小臉時，還忍不住想著「我的妹妹果然最可愛了」，下一秒，一股撞擊力猛地襲來——

「唔！」夏春秋悶哼一聲，慌張地抬起頭，只見被他撞上的老人踉蹌地後退幾步，手裡的塑膠袋掉在地上，裡頭的東西都散了出來。

「對、對不起！」夏春秋急忙鬆開夏蘿的手，彎身幫老人將散落地面的青菜拾起，塞回塑膠袋裡。

「真是的，現在的小孩子走路都不看路嗎？」

被人這樣斥責，夏春秋不禁羞愧地紅了兩隻耳朵，慌忙遞還塑膠袋給老人，連連道歉。

「真的很不、不好意思，我剛剛在想事情，所以才、才沒注意到……」夏春秋結結巴巴地解釋，「給您造成了麻煩，實在很抱歉。」

他緊張地覷著被自己撞到的老人，這才發現對方穿著花襯衫、寬鬆半長褲，頭髮灰白，戴著一副眼鏡，看起來精神矍鑠的樣子。只是老人此刻橫眉豎目，神色明顯不太好看。

「沒見過你們兩個，外地來的嗎？」老人上下打量起夏春秋與夏蘿。

「是、是的，我們是花花……呃，是忍冬的朋友。」

「是忍冬哥哥的朋友。」夏蘿軟軟的童音也隨後響起。

「花家那小子的朋友啊。」老人哼了聲，斜睨著兩兄妹，「叫什麼名字？」

「我、我叫夏春秋，這是我妹妹夏蘿。」夏春秋試著讓自己說話流暢些，不要再結結巴巴了。

「喔，夏春秋跟夏蘿啊。」老人撇了一下嘴，忽地將塑膠袋拎到夏春秋面前，「為了表示你的歉意，你就幫我把這袋東西提回家吧。」

「那個，伯伯的家很遠嗎？」夏春秋有些猶豫，沒有立刻接過袋子。

「怎麼，連幫我這個老人提個東西都不肯嗎？現在的小孩子喲！」

「啊，不、不是的，我不是這個意思。」見老人板起了臉，夏春秋趕緊解釋，「只是我們已經跟人約好，如果伯伯的家比較遠，我、我想先打個電話過去給對方。」

「很近啦！」老人不由分說地把塑膠袋塞進夏春秋手裡，隨即比了比左斜方。

只見靠近街角處有一幢二層樓建築物，它有著紅磚牆壁與灰白石棉瓦鋪成的屋頂，屋子整體造型極為簡樸，有些斑剝的鐵門前則放著幾盆翠綠植物。

「這麼近總可以幫我提一下了吧？」老人說完這句話，也不管夏家兄妹是否同意，就雙手負在身後，率先往屋子走去。

只是老人前腳才剛踏出，站在街邊將這幅情景盡收眼中的村人們，再也忍俊不住地笑了出來。

「哈哈，天賜伯，你脾氣不要那麼壞嘛。」

「天賜伯，你想要請兩位小朋友喝茶就直說，這樣凶巴巴的可是會嚇跑人啊。」

「囉嗦！」被喚作天賜伯的老人沒好氣地瞪了出言調侃的村民，回頭看到夏家兄妹還愣在原處，他立即拉高音量，「你們兩個還不快點跟上來！我的蔥如果掉了半根，那個叫夏春秋的小鬼，你皮就給我繃緊一點了！」

「呃，是、是的！」夏春秋反射性大聲回應，頓時又引來村人的一陣笑。

被人注目雖然有些難爲情，但夏春秋還是牽起妹妹的小手，連忙跟上天賜伯的腳步。

或許是被村人們說破了，天賜伯在領著夏春秋與夏蘿走進家門前，一張老臉繃得緊緊的，一副惱羞成怒的樣子；但是在進了家門後，僵硬的線條立即軟化不少。

「來來來，我們到客廳坐著喝茶。」天賜伯沒有將漆成紅色的鐵門關上，而是大大敞開著，讓人一眼就可以看到街上。他一手拿過塑膠袋，一手推著夏春秋，就要將夏家兄妹帶入客廳。

「咦？」突如其來的發展讓夏春秋愣了下，就連夏蘿也微微睜大眼，瞅著天賜伯不放。

「伯伯我只有一個人住，難道你們連陪我這個老人喝個茶聊一下天都不肯嗎？現在的小孩子喲……」眼見兩兄妹沒有往裡頭走，依舊站在玄關，天賜伯又開始訓起話來。

直到現在，夏春秋才總算弄明白對方先前擺出的蠻橫態度，不過是想要製造機會找他與妹妹到家中喝茶而已。

「如果、如果時間允許，我當然願意陪伯伯喝茶。不過我們跟人有約在先，所以……」夏春秋歉疚地開口。

「下次好不好？」夏蘿仰起了白皙如雪的小臉蛋，輕聲問道。那雙圓黑的眸子澄澈又剔透，還透著一股認眞勁。

被這樣的眼神一瞅，天賜伯的心都要化了，只想將家中好吃好玩的都捧出來。

其實天賜伯一開始並未打算邀請夏家兄妹來家中作客，任誰被撞掉了東西，對方看起來還一副走路不專心的模樣，心情自然不會好的。不過在看到夏春秋一臉緊張地幫他撿起東西，並且誠心誠意地道歉後，那絲不悅也就散得差不多了。

更何況，夏春秋雖然講話有些結巴，但面對他的蠻橫態度時，卻還是好聲好氣地應對，這就讓天賜伯對夏春秋的好感提高不少。

至於夏蘿，小女孩雖然臉上鮮少有情緒起伏，可卻有著一雙彷彿會說話的黑澈眸子。天賜伯看人習慣從眼睛看起，打從初遇的第一眼，就覺得這孩子極合他的眼緣。

空蕩蕩的屋子裡難得有客人造訪，眞讓夏春秋與夏蘿就這樣離去，天賜伯還是有些不情願的。他咳了一聲，試圖留下他們。

「你們是跟誰有約？如果是花家小鬼的話，我做主，叫他直接過來找你們。」

「不是的，我們是跟村長有約。」夏春秋老實地回答，只是村長兩字一出口，他就看到天賜伯的神色變得有些古怪。

但下一秒，天賜伯卻像是什麼事也沒有發生，也不再強留兩人，只是擺了擺手。

「既然跟村長有約，那就快點去吧，有空再來找我喝茶。」

雖然有些在意天賜伯的神色變化，但礙於約定的時間快要到了，夏春秋也不好探究，禮貌地和天賜伯道了聲再見，並且約定晚些見之後，他便帶著夏蘿匆匆離去。

代神村村長家離最熱鬧的商店街有一段距離，位置略顯偏僻。它的建築風格也和村中常見的紅磚黑瓦不同，是一棟略帶西式風格的透天建築物，三層樓高，寶藍色的大門半掩，修剪得宜的矮樹叢充當圍牆，將這棟屋子圍繞起來。

當夏春秋與夏蘿來到那扇寶藍色門前時，卻意外在門邊看到了一名膚色白淨、相貌秀氣的少年。

發現兩人到來後，少年一雙細細的狐狸眼頓時彎起，笑咪咪地迎上去。

「花花，你怎麼那麼快就到了？」夏春秋吃驚地看著本以為更晚一些才會出現的同學。

「憑人家的能力，籌備組的那點小事難不倒人家的。」花忍冬捲著髮梢、揚起唇角，露出頗為自豪的表情。

與夏春秋同年的花忍冬，是土生土長的代神村人，也是他邀請一千好友前來村中參加祭典。雖然外貌秀氣，但花忍冬卻擁有一身怪力，這也是他被祭典籌備小組視為重要戰力的原因。

「好啦，咱們進去吧，讓村長等太久也不好。」花忍冬朝兩人招招手，轉身推開那扇半掩大門，領著夏家兄妹走進去。

大門與屋子之間是一條灰色石板鋪成的小路，底下是青碧的草皮；往小路兩邊看去，則是一叢叢精心修剪過的花木。

花忍冬與夏家兄妹才走沒幾步，就見玄關門被人由內推開，一抹姣好身影迎了出來。

那是一名約莫二十多歲的女子，容貌嬌艷，大波浪的鬈髮垂在身後，眼角與唇畔含笑，散發出成熟女子獨有的風情。

「請跟我來吧，村長已經在裡頭等你們了。」女子微笑說道，一雙美麗的眸子掃過花忍冬、夏春秋與夏蘿，最後在夏蘿身上略作停頓。

「不好意思，妳是？」花忍冬有些困惑地看著對方。他並不是第一次來村長家，卻是初次在這邊見到這名女子。但是，他明明不認識對方，卻又有種好似見過的感覺。

「呵呵，忍冬你忘記我了嗎？也是呢，我搬來這邊才五年，你較少見到我，難怪會沒有什麼印象。」女子掩嘴輕笑，細長上挑的眼睛微微半瞇。

「哎，可是像妳這麼漂亮的姊姊，人家應該會記得才對。」花忍冬一邊說又忍不住多打量女子幾眼，他真的覺得對方似曾相識。

「想不起來也沒關係。」女子輕笑著打斷了花忍冬的思考，「我先帶你們進去吧。」說罷，她優雅轉身，領著三人進入屋裡。在玄關處拿出三雙室內拖鞋給他們換上後，女子朝樓梯方向做了個往那邊走的手勢。

「村長就在二樓書房，你們自行上去吧。」

「好、好的，謝謝妳。」夏春秋有禮地道謝，目送那道纖細身影離去。只是他才剛轉過頭，就看見花忍冬正雙手環胸，一副若有所思的表情。

「花花？」夏春秋疑惑地喊了一聲。

「忍冬哥哥？」夏蘿也仰起小腦袋，直勾勾地瞅著他看。

發現自己正被一大一小所關注，花忍冬笑著擺擺手，「哎，你們不用擔心，人家只是在想那位漂亮姊姊是誰。好了，這種小事晚點再說，咱們先上樓找村長，說不定他會知道小夏你們的母親是哪家的人。」

一想到待會有可能得到母親親戚的消息，夏春秋的心情也不禁有些激動。他牽著夏蘿的手，跟在花忍冬身後一塊上了二樓。

走廊盡頭的書房前，房門緊閉，花忍冬抬起手輕輕敲了敲，叩叩叩三聲，清脆的聲響迴盪在走廊上。

「請進。」一道男中音從裡頭響起，聲音帶著些許沙啞。

花忍冬推門而入，與此同時，坐在書桌前的中年男人也抬起頭。那是一張憨厚可親的臉龐，讓人忍不住感覺親切。

「是忍冬啊！真是剛好，我本來想下樓看你們來了沒有，沒想到你們自己上來了。」

「好久不見了，坤瑞叔叔。」花忍冬笑嘻嘻地打了聲招呼，「這是人家的朋友，小夏和小蘿。」

「叔叔你好。」夏春秋回了一個靦腆的笑容，心裡又緊張又期待。

「你好。」夏蘿也禮貌地朝中年男人致意，只是仔細一看，就會發現她的小手依舊緊抓兄長的手指不放。

不知道爲什麼，當她一進入這棟屋子，就覺得腦袋隱隱痛了起來。由於這股疼痛不算劇烈，因此她沒有告知夏春秋，只是安靜地忍耐著。

「你們好、你們好。」戴坤瑞笑容可掬地站起來，示意三人坐到一邊的沙發上，「不要站著，先坐下吧。要不要喝個飲料？我叫我太太倒果汁給你們喝。」

夏春秋轉頭看了坐在身邊的夏蘿一眼，瞧見那顆小腦袋輕輕搖了搖，他連忙客氣地婉拒，「不、不用麻煩了，謝謝叔叔。」

「哎呀呀，眞是客氣的小朋友。」戴坤瑞笑咪咪地說，在夏春秋等人對面坐下，「小夏、小蘿，不介意我這麼稱呼你們吧？」

「啊，沒關係的。」夏春秋害羞地笑了一下。

夏蘿也搖了搖頭，表示不在意。

「我聽忍冬提過了，你們的母親以前是住在黃槐村……嗯，我們現在都習慣稱爲代神村。她的名字叫夏伶，對吧？」

「是的。」夏春秋雙手擱置在膝蓋上，背脊挺直，用力地點點頭。

瞧著兩兄妹滿是期待的眼神，戴坤瑞耙了耙頭髮，原先和煦的笑容逐漸轉變爲苦笑，「我接到忍冬的消息後，有請人幫忙查了戶口，村中姓夏的只有三戶，裡頭並沒有一位叫夏伶的女性。」

「咦？」夏春秋吃驚地低呼一聲。

夏蘿的小臉蛋雖然還是沒有表情，但一雙黑眸也跟著瞠大。

「坤瑞叔叔，有沒有一種可能，就是小夏他們的母親以前不是叫夏伶這個名字？」花忍冬詫異之餘，靈活的頭腦已經迅速往另一個方向轉去。

「我也想過這個可能性。只是，我將所有符合小夏他們母親年紀的女性都列出來，還是找不到人。」戴坤瑞嘆了口氣，欲言又止地瞧著夏春秋與夏蘿。

「怎麼了，叔叔？」花忍冬心細地問道。

「忍冬，你是這座村子的人，應該清楚，如果有哪戶人家的女孩嫁出去，全村的人都會知道吧？」戴坤瑞沒有直奔主題，反倒問了一句看似不相干的話。

「因為村子就那麼點人嘛。」花忍冬附和地點點頭，「鄉下的小村子，不管誰做了什麼事，總是很容易傳開來的，像是之前的失蹤案……」

話一出口，花忍冬就察覺到不妥，連忙呑掉後半截句子，眼底滑過一抹尷尬。他覷著戴坤瑞，發現對方的表情不太自然，不禁暗罵自己哪壺不開提哪壺；接著，他又小心翼翼地看向身邊的夏家兄妹，此刻的夏春秋正神色黯然，而夏蘿則是低著頭，手指絞弄著衣襬。

在懸槐祭籌備期間，曾發生過外地來的孩子的失蹤事件。雖然村子出動了派出所的警察尋找，甚至還另外與村人組了隊伍展開搜索，卻遲遲找不到那名小女孩。

於是，小女孩被神隱的傳聞逐漸從村民口中流傳開來；而夏家兄妹是在因緣際會下，結識了小女孩的母親，所以格外掛心這起失蹤案。

讓人震驚的是，自稱是小女孩母親的許慧馨其實與女孩並沒有血緣關係，她與小女孩住在同棟大樓，因爲不忍見對方被生母虐待，因而將其偷偷帶走，輾轉之下來到代神村。

爲了讓警方擴大搜索範圍並且請求支援，許慧馨最後選擇了自首，然而讓人遺憾的是，由於遲遲沒有獲得任何線索，這樁失蹤案至今尚無進展。

這是表面上的。

只有夏春秋等人才知道，那名叫作莉莉的小女孩其實已經被姑獲鳥殺害了。

花忍冬不自覺地摸向胸前。說來也玄妙，先前爲了找回失蹤的夏蘿，他沿著藍色磷火焚燒的痕跡追至一幢破敗廢屋前，然後就莫名失去意識；再醒來時，手裡卻多了一根蒼藍色的羽毛。

雖然不知道羽毛從何而來，但因爲上頭有一股讓他安心的氣息，就乾脆將羽毛製成了項鍊墜飾，戴在身上。

眼見書房內氣氛凝滯，戴坤瑞輕咳一聲，將三人的注意力拉向他，也順帶解了花忍冬的窘況。

「關於小夏和小蘿的母親……」戴坤瑞話說到一半又停了下來，他斟酌一會兒，稍微調整了句子，「就像忍冬說的，代神村很小，不管誰做了什麼事，都很容易傳開。」

花忍冬反應快，聽到這裡，立即注意到這件事有個弔詭的地方。他先是瞧著夏蘿與夏春秋，接著又將視線轉往戴坤瑞。

他記得小夏說過，他們的母親是與父親一塊私奔的，就當時保守的民風而言，私奔可不是什麼小事，雖然不到驚世駭俗，但風言風語是少不了的。可是，他生活在代神村的這十幾年裡，卻全然沒有聽過類似傳聞。

花忍冬終於理解，戴坤瑞爲什麼會一副欲言又止的模樣了。

小夏他們的母親，眞的是代神村（黃槐村）的人嗎？他覷了夏春秋一眼，發現對方眼底滑過不安，手指也緊張地捏成拳狀。很顯然，夏春秋也察覺到戴坤瑞未竟話語之意。

夏蘿很安靜，她將小小的手覆上兄長的手背，只是一個簡單的碰觸，就讓夏春秋的情緒穩定下來。他深呼吸一口氣，眼裡的陰霾很快一掃而空。

「沒、沒關係的，叔叔，也許是我記錯了村子的名字。眞的非常謝謝你的幫忙。」夏春秋輕聲說著，並且朝花忍冬投去一記「不要緊」的眼神。

「哪裡、哪裡，如果有需要幫忙的地方，儘管跟我講。」戴坤瑞親切說道，「要不要留下來吃個午餐？我太太可是燒了一手好菜呢！」

夏春秋先是瞥了花忍冬一眼，見他沒有任何表示，知道對方交由自己決定，因此他搖搖頭，婉拒了戴坤瑞的好意。

「不用了，謝謝叔叔。」夏春秋起身，禮貌地朝村長低頭致謝，「我、我跟小蘿待會還有事，就不打擾了。」

夏蘿也跟著站起身，鞋子在落地時發出了輕輕的聲響。她習慣性一手勾著夏春秋的手，但視線卻不經意地被地板上的小黑點拉過去。

仔細一看，才發現那是一隻小小的蜘蛛，緩慢前進的同時，好似有一絲淡淡的青煙繚繞在周邊；但再瞧上一眼，蜘蛛周邊卻什麼也沒有。

其他人並沒有太注意夏蘿低頭看地板的動作，她本就是個安靜的孩子。

戴坤瑞露出了有些可惜的表情，不過沒有再挽留，只是嘴裡說著「改天有空的話，再來叔叔這邊坐坐吧」。

夏春秋靦腆地笑了一下，沒有點頭也沒有搖頭，牽著夏蘿的手走出書房。花忍冬則是笑盈盈地朝戴坤瑞揮揮手，說了聲「叔叔再見」，尾隨在夏家兄妹身後離開。

出了村長家，三人並未立刻離去。更正確一點的說法，是花忍冬在踏出那扇寶藍色大門後，突然停下步伐，垂下秀氣的眉毛，眼裡帶著歉疚地看向夏春秋與夏蘿。

「抱歉喔，小夏、小蘿，人家沒有幫你們打聽到母親的消息。」

「花花，你不用在意啦。」夏春秋一點也不希望好友將責任攬到身上，忙不迭打起精神，以開朗的語氣說道：「說、說不定，還有其他村子叫黃槐村啊，不急著一定要這時候找到我媽那邊的親戚。」

「不是忍冬哥哥的錯。」夏蘿也表明了自己的想法。

「可是人家還是會在意嘛。」花忍冬揪著微鬈的髮梢，嘆了口氣，「虧人家當初還打包票，說一定可以幫你們找到人的。」

瞧著花忍冬有些沮喪的模樣，夏春秋努力想了想，終於讓他找到可以轉移花忍冬注意力的話題。

「對了，花花，我出門時，林綾和小葉她們正準備去圖書館呢。」

雖然這個話題轉得不太自然，甚至有點刻意，卻在花忍冬身上造成了極大的效果，只見那雙細長的狐狸眼頓時亮了起來。

「原來林綾在圖書館啊。」花忍冬喜孜孜地說，先前的失落頓時一掃而空，取而代之的是一抹熱切，「那小夏你們待會要去哪裡嗎？要不要跟人家一起過去？」

「夏蘿想去找那位伯伯。」輕輕拉了下兄長的衣角，夏蘿小小聲對他說道。

夏春秋知道妹妹對「人」很敏感，就像小動物擁有趨吉避凶的本能一般，如果她願意主動親近，就表示對方是值得放心的人。

而且，天賜伯初次邀請他們進屋裡時還特地敞開著大門，似乎也知道夏春秋有可能顧慮什麼，這份心細加上夏蘿的要求，就足以讓夏春秋同意第二次拜訪。

「我跟小蘿就不過去了。」他對花忍冬笑了下。

「這樣啊。」花忍冬只以爲他們或許是跟左家姊弟約好，也沒想太多，向兩人揮了揮手就轉身往另一邊走了。

只是才邁出幾步，他又突然停了下來，回過頭吩咐。

「小夏、小蘿，不要忘記晚上六點在廣場上見囉。今天晚上可是懸槐祭的第一天呢！」

「好的！」夏春秋也揚高聲音回應。直到好友的身影消失在視線範圍後，才牽起妹妹的手，「走吧，小蘿，我們去找天賜伯伯喝茶。」

夏蘿細細的手指習慣性地纏上夏春秋的手，點點頭，兩人正準備離去，夏春秋的手機卻突然響起鈴聲。

「咦？」他雖然納悶這時是誰打電話過來，但空著的那隻手還是往外套口袋摸去。

「哥哥，誰打來的電話？」夏蘿仰起了小腦袋。

「我看看喔。」夏春秋手忙腳亂地抽出手機，拿到眼前一看，螢幕上顯示的來電者爲「父親」。夏春秋詫異地發出一聲低呼，趕緊按下通話鍵，穩重溫和的聲音頓時從手機裡傳了出來。

「春秋，是我。」

那是夏春秋與夏蘿的父親，夏舒桐的聲音。

夏春秋腦子裡才剛閃過「發生什麼事」、「爲什麼父親突然打電話過來」，但脫口而出的第一句話卻是，「爸，媽媽以前是住在黃槐村嗎？」

聽到關鍵字，夏蘿也豎起耳朵，瞬也不瞬地瞅著夏春秋。

「嗯，是黃槐村沒錯。怎麼突然問這個？」

「那……爸，你知道黃槐村現在叫什麼名字嗎？」夏春秋繼續提出第二個問題，心底不由自主泛過一絲緊張。

「我記得，好像改叫代神村了吧？」夏舒桐的語氣一開始有些不確定，停頓半晌後，他似是想到什麼，又肯定地說道，「對，是叫代神村，他們每年都會舉辦懸槐祭。十七年前我和你媽媽就是在那個祭典上認識的。」

夏舒桐的聲音因爲過往回憶而透出愉悅，夏春秋眼底的困惑卻更深了。前一刻他們才從村長那邊得知，代神村並沒有名爲夏伶的女子，也就是他們的母親；現在卻又從父親這邊獲得了肯定的答覆。

他越想越混亂，一時只能咬住嘴唇，不知道該說些什麼才好。

察覺到夏春秋突然的沉默，夏舒桐關切地問道，「春秋，怎麼了？」

「不，什麼事都沒。」雖然知道父親看不到自己，但夏春秋仍反射性搖了搖頭。

夏蘿如同感受到兄長心底的不安，將他的手握得更緊了，黑亮的大眼裡是無聲的安慰。

夏春秋回給妹妹一個不要擔心的笑容，很快將那抹翻騰的情緒壓下去。他牽著夏蘿的手往前走，重新將話題拉回去。

「爸，你打電話過來是有什麼事要跟我說嗎？」

「春秋，你剛剛不是說起了代神村嗎？」夏舒桐溫和地說。

「嗯，對。」夏春秋的回應中帶了一絲困惑，顯然不懂父親爲什麼又將問題拋了過來。

「事實上，爸爸我啊，大概六點多左右就會到代神村去找你們了。」夏舒桐揭曉謎底。

「咦——咦咦咦？」夏春秋不禁發出了驚呼，引得夏蘿也跟著露出好奇的眼神，「爸，你要來代神村？」

第二章

懸槐祭的第一天，照理說應該不會有人特意到訪的圖書館，此時卻意外迎來兩名客人。她們年齡相仿，都是正值花樣年華的年輕女孩。

走在前方的少女相貌秀美，雖然戴著眼鏡，卻掩不住眼底的溫柔似水；一條長辮子垂在身前，隨著她的步伐而輕輕擺動，渾身透出知性氣息。

如果說這名長辮子少女散發的是使人舒心的美，那麼落後她一步的長鬈髮女孩就是明媚如春光璀璨，彷彿天生就該站在聚光燈下。

這兩人就是夏春秋提及的林綾與小葉。當然，小葉只是一個暱稱，她的全名是葉心恬。是個擁有甜美名字，性情卻略顯高傲的少女。

這兩人都與夏春秋就讀同一所高中，也是被花忍冬邀請至代神村參加祭典的客人。

這個時候，她們不去村裡逛逛，反倒出現在圖書館，起因是林綾的一句話。

「我想去圖書館查點東西。小葉，妳要一起來嗎？」

葉心恬甚至問也沒問對方要查什麼，就毫不猶豫地一口應允下來。

現在回想起來，好吧，葉心恬有點小後悔了。待在圖書館不是不好，不過在書報室翻著一張張陳舊泛黃的報紙，就有點不太好了。

「哈啾！」葉心恬又打了一個噴嚏，那些飄散在空氣中的灰塵讓她鼻子好癢。她從口袋掏出面紙擤了擤鼻子，眼眶有點紅。

「小葉，如果不太舒服的話，妳可以先到閱覽室那邊等我。」

林綾的聲音從另一端傳來，葉心恬從書架間隙望去，可以覷見林綾蹲在書架前，雙手正從架子最底層抽出厚重的墨綠色冊子。

大部分的圖書館都會將舊報紙按照日期歸檔，並且裝訂成一冊。幸運的是，代神村的圖書館將舊報紙保存得非常好。

「我還可以再撐一下下。」葉心恬吸了吸鼻子，強忍著手指碰觸灰塵造成的心理不適，一頁頁地翻動資料冊，紙張摩擦的沙沙聲迴盪在封閉的書報室裡。

葉心恬本以爲林綾去圖書館可能是想找幾本書查個資料，沒想到她卻直接詢問管理員，可否進入書報室。獲得同意之後，葉心恬便一頭霧水地被林綾拉進了這間明顯少有人用，可能只有管理員偶爾才會進來的小房間。

「小葉，我想請妳幫我查一下這幾年與代神村有關的新聞。」

輕輕拋下這句話之後，林綾便走到最裡面的書架，那邊收藏的報紙幾乎可以用幾十年的時間來計算。

葉心恬一邊用手捂著鼻子，一邊皺起柳眉查看報紙上的資料，實在想不明白，爲什麼林綾心血來潮地想要查找代神村的新聞？

「因爲我有很在意的事。」

林綾柔軟的聲音響了起來，葉心恬才知道自己不小心將心底的疑問說了出來。

「我想要知道代神村發生過幾起失蹤案件。」也不怕厚重的冊子沾滿灰塵，林綾抱著它來到書桌前。

「發生過……幾起？」葉心恬看向神色恬淡的好友，很快地從句子中捕捉出關鍵字，「可是林綾，妳爲什麼不直接上網搜尋呢？用網路找資料多方便。」

「我是有找到一些，但不確定網路上的資料是否完全正確。」林綾一邊有條不紊地解釋，一邊一目十行地查看那些泛黃的舊報紙，「所以我才想來村裡的圖書館碰碰運氣，或許我們可以從裡頭找到那些只有刊載於本地報刊的在地小新聞。」

代神村的圖書館不大，自然不可能收藏各地報紙，最有可能收藏的是區域性地方報紙。

「妳這麼一說好像有些道理。」葉心恬被說服了，繼續忍著撲面的灰塵翻起報紙。驀地，一篇位在報紙角落，並且篇幅不大的新聞躍入了眼裡。

槐花盛開，七歲女童疑貪玩跑進山裡，行蹤不明。

「嗯？」葉心恬有些不確定地又看了幾眼。新聞內容有些含糊，但從「槐花」、「信奉山神」等關鍵字來看，心裡有個聲音告訴她，事發村子就是代神村。

她將報紙摺起一小角，接著繼續翻下去。

讓葉心恬詫異的是，光是這一年的報紙，她就從「槐花」、「山神」、「祭典」等字眼找到兩起發生在代神村的兒童失蹤案件。失蹤者無一例外都是遊客的小孩。

雖然一開始警方以爲是綁票，但家屬卻沒有接到勒索贖金的電話或訊息。只是不管警方如何搜索，就是找不到那兩名孩子。最後案件只能不了了之。

如果算上數天前下落不明的小女孩，那麼，短短一年不到的時間，代神村就發生了三起兒童失蹤事件。

「林綾，眞的就像妳說的一樣，代神村不只發生過一起失蹤案。」葉心恬將刊登失蹤案件的報紙做了記號，推到林綾前方，「不過還眞是奇怪……」

「嗯？」林綾抬起頭，遞去一記詢問的眼神。

「沒有要求贖金，那就不是綁票。可是代神村就那麼點大，小孩子是能跑到什麼地方去？就算跑到了槐山，警方也入山搜索過了，卻連一點線索都沒有找到。」

葉心恬說著說著，像是想起什麼，細緻的眉毛突然蹙了起來。

「該不會是……」她左右張望了下，如同在確認這間書報室只有她們兩人。

「該不會是？」林綾就像是不解地跟著重複了這句話。

「——神隱。」葉心恬踮起腳尖，探出上半身，拊在林綾耳邊說道。

卻沒想到原本神色恬淡的好友在聽到這兩個字後，忽地露出了恍然大悟的微笑，彷彿原先困擾她的難題迎刃而解。

「是了，我怎麼忘記還有這種解釋。」林綾的手指摩挲著報紙，如水般沉寂的眸子微微閉上，一會兒之後又睜開。

「小葉，妳從哪裡知道神隱這個說法？」

「就是……哈、哈啾！」葉心恬忍不住打了一個噴嚏，她可憐兮兮地按住鼻子，含糊不清地說，「發發他說……哈啾！」

「小葉，妳還是先到外面去吧。」林綾關切地看著她，「妳看妳，連眼睛都變紅了。」

「我等等就要離開了。」葉心恬吸了吸鼻子，生理性的淚水沾在眼角讓她覺得不太舒服，「妳剛剛問的神隱，是花花告訴我的。」

「花花？」林綾愣了一下，一雙美眸因爲詫異而睜大，但很快地，她又平復了情緒，將先前抱到桌上的厚重冊子攤開，一頁頁地翻起來。

葉心恬好奇地湊過去，但是林綾正在翻閱的冊子顯然年代久遠，她低下頭想要瞄個幾眼，積在上頭的灰塵卻讓鼻子控制不住竄出一股癢意，連打好幾個噴嚏。

「不行了，我宣告放棄……」葉心恬迅速抽出一張面紙捂住鼻子，「林綾，我真的得棄妳而去了。」

「妳先回去吧，我可能還要在這裡待一段時間。」瞧著眼眶紅紅、還不住吸著鼻子的葉心恬，林綾歉疚地說。

「嗯嗯，記得六點時出現在廣場就好。」葉心恬臨走前還不忘交代幾句，在對上林綾肯定的眼神後，這才放心地離開書報室，到外頭呼吸新鮮空氣了。

封閉的空間裡，只剩下林綾坐在桌前。然而她卻沒有繼續翻泛黃的報紙，反而探向口袋，從裡頭拿出一片柔軟艷紅的花瓣。

數天前，花忍冬帶林綾等人到槐山去見識代神村的守護神——一棵巨大古老的槐樹——葉心恬意外發現長在槐樹背後的一叢山茶花；而林綾因爲一股莫名的在意，趁著幾人不注意時悄悄摘下一片花瓣。

瞧著至今沒有枯萎捲曲的山茶花瓣，林綾鏡片後的眸子滑過一抹若有所思的光芒，喃喃低語。

「神隱那些孩子的，眞的是守護神嗎？」

從圖書館離開後，葉心恬打從心底覺得能呼吸到新鮮的空氣眞是一件幸福的事。少了灰塵與霉味，鼻子已經不覺得癢了，就連眼角也沒有那麼紅。

走在寬廣的道路上，葉心恬不時抬頭看看天空，或是眺望環繞村子的群山。不管是湛藍的天空還是蓊鬱的山林，都讓人看了心曠神怡。

由於今晚就要舉辦祭典，街道上很是熱鬧，吵雜興奮的人聲不停拂過耳邊，葉心恬如同受到氣氛感染，唇角不自覺地翹了翹，一手遮在眼睛上，擋住了熾熱的陽光，也讓自己的視線不會因爲刺眼的光線而顯得模模糊糊。

就在她眼光不經意往對街掃去之際，卻發現有三道熟悉的身影正一前兩後地走進一家賣手工藝品的店舖裡。

「嗯？」葉心恬忍不住停下來，確認般地往對街店舖望去。果然不是自己眼花，眞的是認識的人。

先走進去的——或者說被押進去——是個身材圓滾的小胖子，就連臉頰也胖乎乎的，手裡還拿著一包餅乾；而站在他身後的兩人才是眞正吸引路人，以及店內客人注目的發光體。

那是一對輪廓有些相似，但氣質迥然不同的少女與少年。少女紮著高馬尾，神情淡漠，俊麗的外表常常讓人誤認她的性別；少年則是染著一頭紅髮，眼神張狂不馴，得天獨厚的俊美臉孔引得不少女性爲之傾倒。

葉心恬之所以認得出綁著高馬尾少女的真實性別，是因爲她與這三人都是同一所高中的一年級新生。

不過，這組合實在是……葉心恬又盯著三人好一會兒，越看越摸不著頭緒。

歐陽明的興趣就是吃，而依葉心恬對左容的理解，也不覺得這位相貌中性的同學會喜歡那些精巧可愛的小飾品或手工藝品。

至於左易……

葉心恬不著痕跡，並且優雅地暗暗翻了個白眼。

算了吧，她連揣測對方的心思都懶。

照理說，八竿子打不著的三人又怎會湊在一塊呢？

當她不經意地與又走出來的歐陽明對上目光時，還是忍不住好奇，無聲地用唇形做出了「你們在做什麼」的詢問。

「陪他們。」歐陽明似是怕大聲嚷嚷會引來左易的不悅，也用口形回應，邊說還邊指了左容跟左易，「買東西。」

騙人吧！葉心恬瞠大一雙美眸。

或許是她的眼神太赤裸，歐陽明用力地點了點頭，以表示這件事的可信度。

「一起來嗎？」

看著歐陽明比向自己無聲地說，葉心恬也大概猜得出對方的意思，她忙不迭搖搖頭，才不想加進那個神祕的小隊裡。

歐陽明聳聳肩，露出了有些可惜的表情。

「掰啦。」葉心恬朝他揮揮手，順著熱鬧的商店街往前走，很快就將那間手工藝品店拋在後頭了。

當她經過活動中心的時候，四處張望的視線忽地停在半掩的大門前，那邊聚集了五、六個跟她同年齡、或是再大上幾歲的男孩子。瞧他們興奮的模樣，葉心恬的好奇心不由得被點燃了。

她放輕腳步，悄悄接近那幾個男孩子，站在他們身後踮起了腳尖，想要看看裡頭究竟有什麼。

然而擠在門前的男孩們實在太高了，讓她想要偷瞄個一、兩眼都辦不到，只能聽到裡頭不斷傳出咚咚咚的聲音。

「可惜看不太清楚。」葉心恬惋惜地感慨一聲，沒想到本以爲放得極輕的聲音還是嚇到了門前的男孩子。

他們慌慌張張地回過頭，在看見發出聲音的人是葉心恬之後，頓時哇地叫了出來，臉頰跟耳朵都變得紅通通的。

「啊，妳、妳好！」其中一名男孩子漲紅著臉，「妳是忍、忍忍冬的朋友對吧？」

對方結結巴巴的模樣讓葉心恬忍不住失笑，那張被笑意點綴的臉孔明媚得如同三月春光，讓那些男孩們不禁看傻了眼，根本無法移開視線。

不過他們還來不及多沉迷在葉心恬的笑容，活動中心的大門猛地被人由內拉開，從原先的一條小縫變成大大一道口子。

楊紓雙手扠腰，眉頭皺起，不悅地看著外頭的男孩們，「你們這群小鬼頭，不回家幫忙跑來這裡偷窺，像話嗎？」

「哇啊！是楊紓阿姨！」就像是青蛙看到蛇一般，男孩們慘叫一聲，一窩蜂就往街上跑，不敢再逗留。

身為酬神舞採排的負責人，同時也是花忍冬繼母，楊紓雖然外表看似和藹可親，然而一旦板起臉的時候，卻也會讓人忍不住縮了縮肩膀。

趁著楊紓對那幾人高聲訓斥的時候，葉心恬好奇地往裡頭望進去。只見兩座大鼓立在牆邊，兩個村民正一下下地敲著鼓，鼓聲渾厚且富有節奏感；而場中央，則是聚攏著一群隨鼓聲起舞的年輕女孩們。

才瞧了沒幾眼，葉心恬就察覺有誰拍了拍她的背。她嚥了嚥口水，這時候才意識到自己其實也是意圖偷窺者之一。

她連忙轉過頭，卻看見楊紓已經卸下了嚴肅的表情，朝她友善地笑了笑。

「不好意思喔，小葉，剛為了教訓那幾個小鬼，所以聲音大了點。要不要進來參觀？」

「咦？可以嗎？」葉心恬吃驚地反問。

「當然了。」楊紓笑容滿面地領著葉心恬走進去，一邊細細講解起活動，「我們正在排練今晚要跳的酬神舞，這是為了感謝神明大人對我們村子的關照。聽說神明大人如果開心的話，還會混在人群中一塊跳舞。」

「神明大人啊……」葉心恬露出了嚮往的表情，渾然沒注意到先前在排舞的女孩們已經停下動作。

有幾名女孩子互相使了個眼色，突然從隊伍中跑出來，一左一右地抓住葉心恬的手臂。

「一起來跳舞吧！」她們笑嘻嘻地說道。

葉心恬愣了愣，也就是這一個空檔，她已被女孩們拉進酬神舞的排練行列。

「我……我只是剛好沒事做，所以才留下來。」葉心恬小聲嘀咕，想要擺出一副勉為其難的模樣。

不過在一群女孩的歡聲笑語下，那張明媚的臉蛋根本繃不了多久，很快就被活動中心裡的氣氛感染，沉浸在嘗試新事物的興奮情緒裡。

與此同時，待在手工藝品店門口的歐陽明正往嘴裡塞著餅乾，偶爾看看街上來來往往的行人，然後又瞄向了店裡的左容與左易。

自從左家雙子踏進店裡後，原先忙著挑選飾品的少女們頓時改朝他們投去無比熱切的眼神，不時還可以聽到興奮的竊竊私語。

相較於店內的熱鬧，歐陽明一人枯站在門口就顯得有些突兀。

事實上，歐陽明今日原本的行程是逛遍代神村所有小吃店，買下一大堆土產——只限定吃的，然後就可以心滿意足地提著戰利品回到花家休息，等到祭典開場時間一到，再前往廣場與同學們會合。

但他千算萬算，就是沒算到在他踏出花家大門的前一刻，左容與左易竟雙雙出現，一人口氣傲慢、一人神色淡漠地開口。

「小胖子，你有空對吧。」

「歐陽，有空嗎！要請你陪我們買東西，到時想問你的意見。」

雖然句子裡出現了「請」字，不過歐陽明深深覺得，左家姊弟比較像是強迫他中獎。

面對猶如兩尊門神阻在前方的左容、左易，如果說不好奇這兩人要買什麼，當然是不可能的。先不提性子淡漠的左容，光是左易會提出這個要求，就讓歐陽明壓不住好奇心了。

事實證明，好奇心還是不要太旺盛得好。

逛了數家店，而左易卻仍舊沒有相中任何東西後，歐陽明覺得他的腳有點痠了。

他嘆了口氣，有些可惜先前出現在對街的葉心恬沒有過來與他聊聊天，打發下時間也好啊。

他身上可是有閒嗑牙必備的各式零食呢！

又站了片刻，歐陽明乾脆穿過那些被左容、左易吸引來的女孩子們，湊到兩人身邊。

「你們還要買很久嗎？」他眼巴巴地詢問，希望獲得否定的答案。

左易睨了他一眼，忽地拿起一只繡有小熊圖案的淺綠色小香包。

「你覺得這個如何，適合小不點嗎？」

「很可愛，很適合小蘿。」歐陽明先是笑呵呵地回答，隨即才後知後覺地瞪大眼反問，「咦咦？所以是來挑小蘿的禮物嗎？」

「不然呢？」左易沒好氣地甩出三個字，左手握著香包，右手則是繼續挑選著其餘款式，那副認真專注的模樣倒是讓歐陽明大開了眼界。

既然左易是來買送給小蘿的禮物，那左容該不會也……歐陽明將視線遞向同樣專心挑選香包的高瘦身影。

不得不說，左容中性的外貌很容易讓人誤認爲男孩子，那高高紮起的馬尾更是爲她增添一股帥氣。儘管她神色冷淡，卻絲毫沒有減少投遞到她身上的愛慕目光。

瞧著左容英氣勃發的側面，歐陽明忍不住感嘆，當初一眼就認出左容是女生的小夏眞是厲害。

不過……

「左容，妳不是在紫晶村買了一條項鍊要送小夏嗎？」歐陽明納悶地問。

「禮物不嫌多。」左容淡淡說道，隨即拾起一只淺藍色的香包，「如何？」

歐陽明瞇細一雙小眼睛，仔細打量一番後，點點頭，「嗯嗯嗯，顏色和款式都不錯，很適合小夏。」

「就這個吧。」獲得滿意的答覆，左容率先去櫃台結帳。

反觀左易，繼先前的小熊香包後，又陸續挑了幾件樣式可愛的提袋、手鍊、鑰匙圈，一一問了歐陽明的意見，最後在歐陽明目瞪口呆的注視下，將這些商品交由店員打包。

「這些……都是要給小蘿的？」歐陽明傻乎乎地問了一句。

「怎麼，有意見？」從店員手中接過裝成一袋子的飾物後，左易冷冷地回了他一句。

「當然沒有。」歐陽明把頭搖得像波浪鼓似的。

雖然左易的個性就是桀驁不馴，看誰不順眼就瞪誰，但這暴躁脾氣在對上夏蘿時就會神奇地熄了火。一開始的詫異過後，歐陽明覺得左易買了一堆東西送給夏蘿，好像也不是什麼讓人驚訝的事了。

應該說，他沒送點什麼給夏蘿才奇怪。

「小蘿收到這些禮物一定會很高興的。」歐陽明這句話可是肺腑之言。

左易揚了下唇角，看起來心情似乎很不錯。

他與左容出了手工藝品店之後，並未如歐陽明預想的轉身就走，兩人先是對視一眼，隨即左易開了口。

「小胖子，看在你陪我們逛街的份上，你待會要吃什麼，我跟左容買單。」

「眞的嗎？」歐陽明驚喜地瞪圓了眼，在看到左容肯定的點頭後，他的精神瞬間來了，腳也不覺得痠了，現在的心情就好像中了頭獎一樣。

歐陽明興高采烈地轉過頭，視線投向先前他倍感興趣卻無緣進入的店家，不管是賣肉丸的還是賣豆花的，都讓他垂涎三尺。

「那……我可以整條街都吃上一遍嗎？」摸摸圓滾滾的肚子，歐陽明有點害羞地問道。

如果花忍冬此刻在場，一定會扯著他的耳朵，沒好氣地碎碎唸一番。

不過，現在提出這個條件的是左家雙子，就算聽到歐陽明的豪言壯語，也還是眉毛都沒挑一下。

「太棒了！」歐陽明興奮地握拳歡呼。雖然一早就被左容、左易攔截，打亂了他的行程，不過塞翁失馬，焉知非福，誰能想到只是陪兩人逛個街，就能換來吃到飽的福利呢？

歐陽明一雙瞇瞇眼都在放光，他迅速環視周邊店家一眼，正準備挑選其中一家進入時，視線卻驀地被斜前方的身影拉去注意力。

那是一名坐在輪椅上的少女，相貌脫俗出塵，白皙的肌膚、及腰的長黑髮，眉眼間帶著淡淡的憂鬱，給人不食人間煙火之感。

「咦，那不是芊凝姊嗎？」歐陽明眨眨眼，立即認出對方是花忍冬的繼姊，宮芊凝。他本就是憨厚的性子，看到認識的人自然會習慣性地出聲打招呼。

「芊凝姊，妳也出來逛嗎？」

聽到呼喊的宮芊凝側過頭，在看見歐陽明，以及左容、左易後，盤踞在眉間的憂鬱像是散了不少，柔軟的嘴唇輕輕彎起，綻出如粉嫩春櫻的微笑。

「嗯，你們都不在家，我一個人也有點無聊，就出來透透氣。」撥動著手推輪，她慢慢滑動輪椅，來到歐陽明身前。

面對宮芊凝柔和的笑容，左容淡淡地點了下頭；左易則是看都不看她一眼，只是雙手環胸，那張俊美的臉孔冷冷淡淡的。

熟知左易個性的人都知道，只要是他不感興趣的人事物，他連一點心思都懶得施捨，徹頭徹尾的自我主義者。

左易毫不掩飾的厭煩態度讓宮芊凝有絲尷尬，笑容僵了一下，但她很快就抹去眼底的情緒，只是手指忍不住地掐入掌心裡，像是要壓去心底的難堪。

對於從小就倍受村人寵愛，並且時刻享受著關注目光的宮芊凝來說，左易的無視讓她極不是滋味。

歐陽明沒有察覺到氣氛微妙的變化，瞧見宮芊凝身邊沒有其他人後，有些困惑地問道。

「芊凝姊，阿姨沒有陪妳一起出門嗎？」

歐陽明口中的阿姨，指的自然就是楊紓了。她是花忍冬的繼母，宮芊凝的親生母親。

「她有事。而且，我也不是自己一個人出來的。」宮芊凝柔聲說道，接著她轉過頭，朝雜貨店的方向輕喊，「小茹，玲玲，小俊，阿信，先出來一下好嗎？」

話一落，就看見雜貨店門口探出了四顆小腦袋，滿臉好奇地打量起歐陽明與左家雙子。

這四人都是村中的小孩，綁著包包頭的是小茹，紮著兩條麻花辮的是玲玲，戴著眼鏡的是小俊，理著平頭的則是阿信。

「是……是忍冬哥哥的朋友。」玲玲的聲音聽起來怯生生的，不過一雙大眼睛卻是掩不住好奇地看過去。

「怎麼都是男生，沒看到另外兩個漂亮姊姊。」阿信扼腕地說，就像覺得無趣似地把視線收回來。

「最漂亮的明明是芊凝姊姊。」小俊推了推眼鏡，擺出一副小大人的姿態。

「哎，大哥哥，你們買的禮物是要送給芊凝姊嗎？」小茹眨巴著大眼睛，突然從店裡鑽出來，一溜煙跑到左易身邊，想要從他手上抓過提袋，「我可以幫你拿給芊凝姊姊！」

左易眼神一戾，就要揮手甩開小女孩，但左容的動作比他更快，她一把拽過狀況外的歐陽明，讓那具胖乎乎的身子擋在小女孩前方。

小茹的腳步一時收勢不及，就這樣撞上了歐陽明，不禁發出吃痛的悶哼。

「別惹事。」左容低聲說道，這三個字的音量放得極輕，只有左易一人聽見。

「嗚嗚，好痛喔。」小茹揉著鼻子抬起臉，在看清楚前方的人是歐陽明之後，困惑地眨了幾下眼。

「小妹妹，妳還好吧？」雖然歐陽明也納悶不已，明明自己站得好好的，怎麼突然就被扯到前面來呢？不過他也沒有多想，對著小茹露出了憨厚的笑容。

小茹還沒有回話，理著平頭的阿信已經咧開了嘴，不客氣地笑了出來。

「嘻嘻，小茹，妳好笨喔。」

「我才不笨呢！」小茹轉過頭，朝他做了一個鬼臉，隨即又伸手比向左易，振振有詞地說道，「我只是想替這個大哥哥把禮物交給芊凝姊姊而已。」

禮物？什麼禮物？歐陽明納悶，順著小茹手指的方向看過去，頓時見到左易陰沉到不能再陰沉的臉色。

眞是天大的誤會喔！歐陽明正想開口解釋，另外三個小孩已興沖沖地湊上來，你一言我一語地嚷嚷。

「該不會……大哥哥喜歡芊凝姊姊吧？」玲玲的聲音雖然仍有些結巴，卻掩不住眼底的興奮，小女孩們對於這類話題一向極感興趣。

「我就說嘛，芊凝姊姊這麼漂亮，怎麼可能會有人不喜歡她呢？」小俊一邊說，一邊點點頭，一副老氣橫秋的樣子。

「芊凝姊姊，妳是不是跟這個大哥哥在交往？」阿信的嗓門最大，立即將其餘村民的注意力都引了過來。

「哎呀，少年仔手腳眞快，竟然追到了我們村中最漂亮的女孩子。」

「呵呵，眞是郎才女貌啊，芊凝妳的眼光眞好。」

瞬間變成眾人注目的焦點，宮芊凝在愣怔一下過後，又恢復了原先的優雅神情。她噙著柔軟的笑，眸底滑過一絲得意。

在小孩子們的起鬨與村人關注的視線下，左易若是當場給她難堪，必然會引起村民的反彈。呵，她是多麼期待左易的反應。

莫名其妙被捲入事件，左易怒極反笑，一雙細長的眼閃動冷光，毒辣的言語已經醞釀在舌尖上了。

眼見誤會越來越大，憂心左易會不顧情面地當場發飆，歐陽明決定昧著良心，以最誠懇敦厚的神情，說出了天大的謊言。

「那個……左易他已經有女朋友了，他跟芊凝姊一點關係也沒有！我以花花……呃，我以忍冬的名義做保證！」

面對歐陽明氣勢驚人的宣告，現場先是陷入一片針落可聞的氣氛，隨後那些起鬨的小孩子們則是發出了咦的一聲，就連宮芊凝優雅的微笑也僵在臉上。

左容一向淡漠的眼破天荒地閃過一抹詫異，她先是看著表情真誠但眼底寫著心虛的歐陽明，接著又將視線移向胞弟。

出乎意料地，左易卻是笑了，笑得張狂又不馴，眉梢飛揚。

「就像那個小胖子說的，老子跟她半點關係也沒有。」

只見那張脫俗的臉孔乍然扭曲，宮芊凝屈辱地捏緊手指，看著村民們意識到這是個誤會而尷尬地退開、看著左易自顧自地轉頭就走，一時熱鬧的街上竟像只有她一人被隔絕開來。

「不可原諒……」她哆嗦著嘴唇，一雙美麗的眸子迸出怨毒。

第三章

「啾！」夏蘿打了一個小小的噴嚏，她吸了吸鼻子，又將注意力放到茶几上的紫砂壺，淡淡的茶香從裡頭飄了出來。

此刻，她與兄長夏春秋正在天賜伯的家裡。

看到兩人竟真的依約上門拜訪，天賜伯一張老臉頓時笑開了花，家裡囤積的點心餅乾都搬了出來。本來還想現榨果汁款待兩兄妹，不過夏蘿在瞧見桌上的茶具之後，烏黑的眸子就直瞅著不放，顯然對於喝茶的興趣大於果汁。

如果以外人的眼光來看，夏蘿的喜好有些另類，才十歲年紀的小女孩，竟然喜歡喝茶？不過天賜伯卻是越發開心了，立即捲起袖子，獻寶似地將上好的茶葉拿出來，順道展現一手泡茶的好手藝。

只見天賜伯一邊俐落地淋壺、篩茶、高沖、低酌，一邊對著夏春秋喊道：「小夏啊，去關一下窗戶，小蘿都在打噴嚏……」

最後的「了」字還沒出口，夏春秋早已伸長手，拉起敞開的窗扇，只留下一條小縫。

天賜伯讚賞地點點頭，替兩兄妹各倒了一杯熱茶後，又突然站起，「要不要吃蘋果？伯伯切一盤給你們！」

瞧著滿桌點心，夏春秋連忙搖手婉拒，「不用了啦，伯伯，東西太多了，我跟小蘿吃不完的。」

「厚，小孩子就是要多吃多長肉！」天賜伯義正辭嚴地說，「你看看你和小蘿，瘦巴巴的，風一吹就倒，你這樣是要怎麼交女朋友啊？」

夏春秋就像是嗆到般咳了一下，手裡拿著的茶杯也跟著微微晃動，險些將裡頭的熱茶濺出來。

天賜伯立刻從這細微的反應嗅出了不尋常的味道，眼睛一瞇，上上下下將夏春秋打量一遍，隨即他轉頭看向夏蘿。

「來，小蘿，跟伯伯說，妳哥哥是不是有喜歡的人？」

夏春秋這次真的被口水嗆到了，他慌張地將茶杯放回桌面，以免自己不小心又因爲哪句話而失手打翻茶。

對於獨居多年的天賜伯來說，難得家裡來了兩個小客人，他自然是要拿出做長輩的架勢，好好關心一下。

夏蘿歪了下小腦袋，看看天賜伯，又看看兄長。

「那個、那個。」夏春秋緊張地站起，以極爲不自然的藉口準備逃離現場，「我、我我去廁所一下。」

天賜伯當然知道夏春秋在打什麼主意，他也不阻止，反正人都是要從廁所出來的，總不可能關上一整天吧？只是見著夏春秋的腳步太過匆促，他連忙提醒：「喂，小夏，不要絆到電線！」

「是！」夏春秋反射應了一聲，同時緊急收住腳，險而又險地避開了電磁爐的電線。只是在慣性力道作用下，身體還是不由得往前傾，一時重心不穩，下意識伸手抓住櫃子邊緣。

這一連串動作下來，夏春秋沒事，電磁爐也安然無恙，就是櫃子被他的力道震得晃了幾下，反倒把上頭的相框弄倒，發出清晰的聲響。

「啊，不好意思。」站直了身子的夏春秋忙不迭扶起相框，頻頻向天賜伯道歉，「伯伯對不起，撞倒了你的相片。」

「沒事啦。」天賜伯往相框看了一眼，「又沒掉在地上，你這小鬼是在窮緊張個什麼勁。你不是要去廁所嗎？」

「現在、現在又不太想去了。」夏春秋羞赧地說。他將相框小心翼翼擺正，目光下意識看向相片裡的兩道身影。

那是天賜伯與一名年輕女子的合照，女子容貌嬌艷，大波浪的鬈髮垂在身後，眼角與唇畔含笑，對著鏡頭笑得極爲開心。

相片中的女子有些眼熟，夏春秋又多瞧了半晌，隨即輕「啊」了一聲，終於想起自己在什麼地方看過對方。稍早時候，將他們帶進村長家的人，就是這名女子。

「怎麼了，小夏？」天賜伯狐疑地瞧著他，「我女兒的照片有什麼問題嗎？」

「咦？這是伯伯的女兒？」夏春秋抓著相框，小心翼翼地避開電線，重新回到座位上。

「嗯哼，我們家的慧婷可是村子裡一等一的大美人呢！」天賜伯的語氣是說不出的驕傲，然而不知道是不是夏春秋的錯覺，那得意驕傲的語氣裡似乎還帶著一絲惆悵。

夏蘿也好奇地湊過來，一看見相片中的美麗身影後，頓時也認了出來，「是那時候的大姊姊。」

「等等！什麼叫那時候的大姊姊？你們在哪裡見過慧婷？」天賜伯瞬間瞠大眼，不敢置信地瞪著夏家兄妹。

夏春秋被天賜伯激烈的反應嚇了一跳，愣怔了半晌才回過神，結巴地開口：「就、就是在村長家。」

「好啊，坤瑞那死小子竟然敢騙我！」天賜伯倒豎起眉毛，氣急敗壞地就要起身，但隨即又像是想到什麼，一雙眼緊鎖夏春秋不放，「小夏，你沒眼花吧？你真的在村長家看到我女兒？」

「是、是的。」雖然不懂天賜伯的反應爲何如此激烈，但夏春秋還是一五一十地將他們去拜訪村長家時的情況說出來。

「夏蘿和忍冬哥哥都有看到。」黑髮白膚的小女孩輕聲補充。

天賜伯的臉色越來越難看，他憤怒地咒罵幾聲，接著一把抓起放在矮櫃上的電話，撥打起號碼。

急轉直下的發展讓夏春秋不知所措，看著天賜伯撥通了電話後，對著話筒另一邊破口大罵起來。

「戴坤瑞！快把我女兒還給我！你這不要臉的傢伙，都已經娶老婆了，竟然還敢把慧婷藏在你家？」

村長回了什麼，夏春秋與夏蘿並不清楚，他們只看見天賜伯神色憤怒，呼吸越加急促，又連珠砲似地對著話筒喊出一長串話，最後才憤怒地掛斷電話。

天賜伯漲紅了臉，胸口快速起伏，最後乾脆替自己倒了一杯茶，一口飲盡，又再倒了第二杯、第三杯。

夏春秋緊張地覷著天賜伯，一時不知該說什麼才好。

眼見一壺茶都要喝光了，天賜伯才稍稍壓下翻騰的情緒，鏡片後的一雙眼瞇了起來，望向夏蘿與夏春秋。

那如同在剖析什麼似的尖銳眼神，讓夏春秋有些坐立不安，但他還是挺直背脊，不逃避天賜伯的注視。

半晌後，天賜伯才嘆了口氣，耙耙灰白的頭髮，「抱歉了啊，小夏、小蘿，剛剛嚇到你們了。」

「伯伯你……還好嗎？」夏春秋小心翼翼地問。方才的火爆質問還歷歷在目，讓他有些心驚膽跳。

「不太好。」天賜伯苦笑地從夏春秋手裡拿過相框，帶有厚繭的手指慢慢滑過相片裡的女子臉孔。

沉默了一會兒之後，天賜伯整個人像是突然失去力氣般頹然坐倒在椅子上，沙啞說道，「小夏啊，其實伯伯是在五年前才跟慧婷搬來這座村子的。那孩子的母親走得早，只剩下我這個老頭將她拉拔長大。」

夏春秋與夏蘿安靜地聽著，他們隱隱察覺到，這並不是一個輕鬆愉快的故事。

「不是我自誇，我們家的慧婷可是很受歡迎，想追她的人都可以從村子口排到村子尾。也不知道她是怎麼挑的，竟然和坤瑞那死小子交往起來。」

夏春秋詫異地張大眼，他沒想到天賜伯的女兒竟然和村長交往過。

「唉，慧婷那孩子，雖然脾氣烈了一點，卻是個專情的好女孩。只要是她認定的，她就不會放手……現在想想，她眞是太死心眼了。」

察覺到天賜伯語氣有異，夏春秋卻是更加茫然了。難道慧婷姊並沒有嫁給村長嗎？可是，她卻出現在村長家，還替他們開了門……

注意到夏春秋眼底的困惑，天賜伯輕哼了聲，咬牙切齒地說出之後的發展。

「沒多久，坤瑞那傢伙離開村子，說是要去外面闖一闖，要慧婷等他。結果呢？他在外面交了一個有錢的女朋友，把我們家慧婷甩了，還敢大言不慚地說，他跟慧婷因爲個性不合早就分手了。王八蛋！代神村的人都被他那張忠厚老實的臉騙了，竟然相信他的鬼話連篇！那個混帳娶了有錢女友，就這麼大搖大擺地把人帶回來！」

「咦？」夏春秋忍不住驚呼一聲，「那慧婷姊怎麼辦？」

「怎麼辦？」天賜伯冷笑一聲，「他老婆都娶了，還當了村長，我們家的慧婷能怎麼辦？拿刀子押著他離婚嗎？」

「可是……」夏春秋遲疑地說，「我們在村長家看到了慧婷姊……」

天賜伯又沉默下來，客廳裡充斥著可怕的靜默，彷彿連根針掉落地上都能清晰聽見。

天賜伯在一個長長的深呼吸之後，啞著聲音開口：「這就是問題所在了，小夏、小蘿。慧婷那孩子，在半年前便失蹤了。我不知道她去了哪裡，我也報了警，可是都沒有下文。村人們都說她是受不了打擊才離開家鄉……我剛剛打電話質問坤瑞，是不是他把人藏起來了，那死小子卻矢口否認，說他們家只有他跟妻子兩個人。」

夏春秋和夏蘿一愣，誰也沒料想到，一次簡單的會面竟然引出了如此複雜的事。

□

「簡直莫名其妙！」戴坤瑞憤怒地掛掉電話，一向憨厚老實的臉孔也因爲怒意而變得有些猙獰。

他呼哧呼哧地喘著氣，一把將桌面上的東西都掃到地上。

或許是因爲書房裡的聲響太大，沒多久，就聽見略顯急促的腳步聲從樓梯口響起，逐漸接近。

沒有敲門，房門直接被人推開，一頭短髮、臉蛋削瘦的女子走進裡頭，正是戴坤瑞的妻子陳天淑。

在看到地板上的混亂後，她不贊同地擰起了眉，「怎麼了，坤瑞？在樓下就聽到你的聲音，是發生了什麼事讓你這樣生氣？」

「天賜伯打電話過來。」戴坤瑞陰沉著臉說。

「搞什麼，那死老頭還不懂放棄嗎？」陳天淑的表情也跟著充滿慍怒，「就當作他女兒跟男人跑了不就好？一直打電話過來騷擾有什麼意義？」

她原以爲戴坤瑞會跟著搭腔，但她卻看到丈夫神色嚴肅地抿起嘴唇，似乎在思考什麼，書房的氣氛一時沉默下來。

一會兒之後，戴坤瑞才開口：「天淑，妳今天早上有替忍冬他們開門嗎？」

「啊？」陳天淑挑高眉毛，一臉莫名其妙，「忍冬有來嗎？我早上都在廚房裡挑菜，也沒聽到電鈴聲啊。」

聽到這句話，戴坤瑞神色頓時變了。察覺到丈夫的表情不對，陳天淑不禁也有點忐忑。

「坤瑞，天賜伯跟你說了什麼？你怎會突然提到忍冬？」

「妳應該知道，忍冬有拜託我查一件事情吧，是跟他朋友有關的。」

陳天淑點點頭。雖然只在代神村住了幾年，但村子就那麼點大，她自然也認識花忍冬。

「今天忍冬帶他朋友過來。」戴坤瑞雙手撐在桌面，眉眼間的陰霾越來越重，「我那時在書房處理文件，他們是直接上樓的。」

「等等，直接上樓？」陳天淑也發現哪邊不對勁了，「誰替他們開的門？」

戴坤瑞沒有直接回答，反而講起另一個風馬牛不相干的話題，「忍冬的朋友好像認識天賜伯，他們現在正在他家作客。」

「所以？」陳天淑開始不耐煩起來，她想要盡快知道答案，而不是這些無關的瑣事。

「就在剛剛，天賜伯打電話過來。他說忍冬的朋友在我們家遇到慧婷，是她開的門。」

陳天淑身子晃了晃，臉色刷得慘白，震驚與恐懼的情緒交織在眼底。

「不、不可能……那個女人怎麼可能替他們開門？她明明已經……」

「天淑，妳冷靜點！」戴坤瑞低喝一聲，「我們都知道這是不可能的事。」

丈夫的聲音讓陳天淑一個激靈，她拖著腳步來到沙發坐下，深呼吸幾次之後，情緒才慢慢穩定下來。

「你說的對，慧婷當然不會出現在這裡。」陳天淑喃喃地說，神色也恢復了冷靜，眼底重新躍出了精明幹練，「說不定是大門沒鎖，忍冬和他朋友才可以直接進屋來。然後，天賜伯可能是在跟他們聊天時知道了這件事，所以打電話過來試探……對，一定是這樣沒錯。」

陳天淑越想越覺得有這個可能，她抬眼看向丈夫，徵求他的意見。

「我也是這樣猜的。」戴坤瑞沉聲回答。只要一想起那通電話，他便覺得心火直冒，「他根本是嫌我的事情不夠多，故意來鬧事。」

「眞是討人厭的死老頭。」陳天淑忿忿不平地罵道，「眞希望下次失蹤的人乾脆變成他算了。」

由於代神村陸續發生數起失蹤案，身爲村長的戴坤瑞自然承受極大的壓力，雖然藉由妻子娘家那邊的勢力壓下了新聞，不過現在聽到妻子這樣說，他的神色仍不自覺越發陰沉。

他當然希望天賜伯可以消失，不要來礙事，但是村子裡如果再爆出一起失蹤案，那麼事情絕對會越鬧越大，就怕牽扯出半年前的另一件事……

似乎是想到同樣的事情，戴坤瑞與陳天淑互覷一眼，書房裡又再次陷入沉默。

這段靜默的時間並不長，半晌後，陳天淑忽然低呼一聲，右手啪地往左腳踝拍去。

「好痛！什麼東西咬我？」

「怎麼了？」戴坤瑞關切地看去。

「討厭，是蜘蛛。」陳天淑將手掌移開，拿到眼前一看，頓時嫌惡地皺起眉。她的掌心上赫然黏著一隻已經被拍扁的小蜘蛛，些許黏稠液體滲了出來。

她連忙抽了一張衛生紙將右手擦乾淨，甚至還反射性地往衣襬上搓了搓，只想擺脫那令人厭惡的觸感。

「只是蜘蛛而已，少在那邊大驚小怪了。」戴坤瑞沒好氣地坐下。

「我等下去擦個藥好了。」陳天淑低頭看著自己的腳。除了被咬的地方浮現一個小紅點，倒也沒有任何異狀。

這個小插曲並沒有被兩人放在心上，誰也沒有注意到在書房的牆角處，還有數隻小蜘蛛正快速爬動著……

□

距離商店街一段距離、一向冷清的圖書館，繼早上林綾拜訪之後，又迎來另一位訪客。

有著秀氣外表與細長上揚眼睛的少年，笑咪咪地和管理員打了招呼，絲毫不在意對方投來「這小子怎麼會跑來這裡」的狐疑眼神，興高采烈地往裡面走。

由於閱覽室的門都是敞開的，因此花忍冬從門外經過便可一覽無遺。他的步伐毫無停頓，朝著最底端的書報室走去。

站在半掩的門前，花忍冬深呼吸一口氣，握了一下拳，像是在爲自己打氣，接著才探頭往裡一看，果不其然，戴著眼鏡的少女正坐在桌前，專注地翻動著報紙。

明明是充滿霉味的老舊空間，甚至還可以看到放著墨綠色冊子的鐵櫃沾著灰塵，但是花忍冬卻覺得少女的美麗可以蓋過這一切。

林綾的側臉優雅，就像是上好的玉石一般無瑕；她的睫毛很長，不時輕輕搧動一下，讓人聯想到蝴蝶飛舞的翅膀；一頭黑髮紮成了長辮子，垂在胸前，更增添知性的氣質。

在花忍冬眼裡，此刻林綾周身就像在發光一般，他忍不住看傻了眼，一顆心撲通直跳。

「嗯？」或許是察覺到視線，林綾抬起頭，鏡片後的眸子在看清楚來人之後，微微彎成了新月狀。

「花花，怎麼會過來這裡呢？」柔軟似水的嗓音迴盪在安靜的空間裡，彷彿帶起了圈圈漣漪。

「人家是來看妳的。」花忍冬笑盈盈地說，一雙狐狸眼此刻不見往昔的狡獪，反倒揉合著興奮與緊張。

如果讓葉心恬來下評論，她一定會毫不客氣地說：花花的背景根本都是粉紅色花朵嘛！

「林綾，妳怎麼會突然想來圖書館呢？」花忍冬一邊問，一邊自認不著痕跡地拖了一張椅子過來，在林綾身邊坐下，眼巴巴地瞅著她。

「只是想查一些資料而已。」林綾將花忍冬的小動作盡收眼底，並不排斥他主動靠近。

「要查資料的話，人家也可以幫忙的。」花忍冬自告奮勇，同時瞧了瞧那些攤開在桌面的老舊報紙，很快就發現幾張被挑出來的報紙有著一個共同點：它們都刊載與失蹤案相關的新聞。

「沒關係的，小葉已經幫我很多忙，我想找的資料都找到了。」想到相貌明媚的少女一邊捂著鼻子打噴嚏，一邊努力幫她翻找舊報紙的畫面，林綾莞爾一笑。

對於自己錯過了表現機會，花忍冬不禁扼腕，但一瞧見林綾的笑容，他又覺得就這樣待在圖書館裡看著對方也是不錯的，那雙漂亮的眼睛就像一汪深潭，讓他覺得溺斃其中也心甘情願。

「回神囉，花花。你應該不是來這裡對著我發呆吧？」難得看到花忍冬露出這種傻乎乎的表情，林綾屈指輕彈一下他的額頭。

花忍冬這才如夢初醒，爲了避免自己先前的走神給林綾留下壞印象，他立即挺直背脊，端正坐姿，擺出了認眞的模樣。

「哪，林綾，妳查失蹤案的資料要做什麼呀？」花忍冬好奇問道。

「沒什麼，只是有一點點在意而已。」林綾沒有直接回答，反倒換了另一個話題，「花花，我待會想去一個地方，你可以陪我去嗎？」

「當然可以！」花忍冬毫不猶豫地點頭，一雙眼睛亮得不可思議。

瞧著少年喜孜孜的模樣，林綾總覺得自己好像看到了一條正搖動著尾巴的大型犬……

從圖書館離開後，花忍冬便應了林綾的要求，帶她前往槐山。

對於代神村的村民來說，槐山是極其神聖的地方，他們相信守護村子的神明大人就居住在深山裡。

祭典期間，順著蜿蜒的小徑往山裡走，就可以看到兩旁槐樹上都用黃絲帶繫著紅燈籠。這是爲了迎接神明下山，特地用燈火點燃的神明小道，懸槐祭的名字也是由此而來。

此刻，花忍冬與林綾站在小徑盡頭，從他們眼前延展出去的是一塊略顯平坦的空地，柔軟的綠草鋪滿了地面，一棵棵槐樹則呈圓環狀地將這塊地包圍起來。而在空地中央，是一棵比其他樹木高大不知多少倍的古老槐樹。

花忍冬習慣性地雙手合掌，虔誠地朝這棵古老槐樹拜了拜。

不同於花忍冬的崇敬之情，林綾只是嫻靜地站在一旁，一雙似水的眸子半瞇，打量起眼前的槐樹。

「眞是奇怪……」林綾的聲音很輕，立時融入了山風裡，教人聽不眞切。

這是她第二次見到這棵槐樹。

第一次是在祭典前置作業時來到槐山懸掛燈籠，工作結束後，花忍冬特地帶他們去見識一下村子的守護神。

那時候，林綾便隱隱覺得這棵古老槐樹給她一種不諧調感，這次感覺卻更加明顯。

她摸著口袋裡的紅艷花瓣，思索一會兒後，踏著不疾不徐的步子繞到樹後。

那邊生長著一叢濃綠灌木，葉子呈橢圓形，邊緣帶著細鋸齒狀；而灌木上綻開一朵紅艷艷的花，柔軟的花瓣層層相疊，數量竟有數十片以上。

那是一朵碗大的艷麗山茶花，在濃綠葉片襯托下，更顯妖嬈。

「林綾，妳喜歡這朵花嗎？」

花忍冬探詢的聲音響起，原來他也隨著林綾的腳步來到了槐樹後。

「因爲很漂亮。」林綾爲自己找了一個理由，「我從沒有看過這麼艷麗的山茶花。」

看著林綾俯身觀察山茶花的模樣，花忍冬暗暗決定，以後一定要和林綾種一堆山茶花。

渾然不知花忍冬所想，林綾伸出手似乎是想要碰觸那朵山茶花，但就在即將碰觸到花瓣的前一刻，又突然停下來，她若無其事地對著花忍冬微微一笑。

「差點就忘記花花你的吩咐了。」

花忍冬險些被這一抹淡雅微笑迷得暈頭轉向，幸好理智尚存一縷，總算沒說出「這花就送給妳吧」的傻話。

畢竟村子裡的規矩便是守護神周邊的植物是不能隨意摘取的。

花忍冬輕咳一聲，雖然對於現在無法摘山茶花送給意中人感到惋惜，不過日後有得是表現的機會；而且，比起山茶花，他還有另一樣東西想要呈現給林綾看。

「林綾，先別管山茶花了，人家帶妳去看個好東西。」花忍冬溫軟的嗓音充滿了迫不及待的味道。

「嗯？」林綾饒有興味地問，「要去哪邊呢？」

「跟人家走就是了。」花忍冬神神祕祕地說。

林綾莞爾，依言跟在花忍冬身後，隨著他的步伐逐漸偏離那棵古老槐樹，轉進一旁的密林裡。

雖然四周都是蓊鬱的綠色，但花忍冬卻沒有停頓腳步來辨認路線，他熟門熟路地揭開那些枝葉，替林綾開道。

半晌後，花忍冬領著林綾穿出樹叢，站在有些崎嶇的土坡上，往下看去，代神村的全景頓時收入眼底，那些屋子此刻都像是小小的積木，看起來極爲可愛。

瞧著一覽無遺的美麗景色，林綾神色放鬆，涼風將她的髮絲吹得在頰邊繚繞，她抬手撥開，同時轉頭看向花忍冬。

雖然只是一個不經意的小動作，但是花忍冬卻覺得心跳越來越快，他絞著手指，白皙的臉孔爬上兩朵紅雲。

「怎麼了，花花？」林綾疑惑地瞧了他一會兒，忽地伸手探向他的額頭，「有哪裡不舒服嗎？」

兩人距離極近，一不小心就可以感受到對方噴拂在肌膚上的呼吸。

花忍冬深呼吸一口氣，猛地抓住林綾的手，結結巴巴地喊：「人、人家喜歡妳！請妳跟人家交往！」

林綾征了一下，任著花忍冬緊緊握住自己的手，一雙似水的眸子看似平靜，讓人讀不出情緒。

花忍冬緊張到心臟都要跳出了喉嚨口，掌心似乎也出了汗，但他卻不想放開林綾的手。

林綾沉默半晌，忽地彎起了柔軟的唇角，如同琉璃落地的剔透嗓音輕輕響起。

「好啊，我們來交往吧。」

明明是夏天，花忍冬卻覺得眼前彷彿繁花盛綻，春光一片綺麗明媚。

◈第四章◈

當活動中心裡的音樂停止時，葉心恬喘著氣坐在地上，兩頰紅撲撲的。她沒想到看似簡單的酬神舞，舞步竟那麼複雜，只是陪村裡女孩們跳了幾次，她就已經汗流浹背了。

「小葉，妳有待訓練喔。來，喝一下水吧。」楊紓笑咪咪地走到她身邊，遞了一杯水。

「謝謝阿姨。」葉心恬接過水，小口小口地喝著，頓時覺得舒服了一點。

她將杯子放在地上，抬手抹去額際的汗水，再將黏在頰邊的髮絲撥至耳後，黏膩的感覺讓她蹙起細緻的眉，不喜歡自己渾身是汗。

「先回去沖個澡會比較舒服。」楊紓拍了拍她的肩，隨即又轉向也坐在牆邊休息的女孩們，「好囉，妳們的休息時間結束了，再做一次排練，晚上大家可要全力以赴呢！」

「是！」數十道清脆的年輕嗓音疊合在一塊，像首輕快的歌。

「體力眞好……」葉心恬羨慕地感嘆一聲，拍拍裙子從地上站起，朝列好隊形的女孩們揮了揮手，轉身離開。

她推開門、正準備走出活動中心時，楊紓溫和的嗓音忽地從後方追了上來。

「小葉，阿姨可以拜託妳一件事嗎？」

「什麼事？」葉心恬回過身，疑惑地瞧著楊紓。

「妳晚上出門時，可以帶芊凝一塊出去嗎？」一提及女兒，楊紓的眉眼就充滿暖意。

「沒問題。」葉心恬一口答應。

出了活動中心，只見明亮的陽光落在地面，襯得村子裡的景物彷彿鍍上一層金光。熱鬧的笑語不時傳來，廣場上更是已經聚集了不少人，不管是村民或是外地遊客，都掩不住對祭典的興奮之情。

相傳，只要在祭典晚上的篝火大會向喜歡的人告白，並且送出禮物，這段戀情就會受到守護神的祝福。

葉心恬自然也從花忍冬那邊聽到這個傳聞，不過她目前並沒有任何意中人，倒也沒有特別放在心上。她現在只想趕快回到花家，好好沖個澡，把自己弄乾淨之後，六點再到廣場上與好友們碰面。

「不知道現在有誰在家？」葉心恬暗暗猜測。由於心思幾乎都被跳舞過後的疲倦所佔據，她並沒有注意到在她回家的路上，不少年輕男性都對她投以熱切的注目。

和號稱代神村之花、清麗脫俗的宮芊凝不同，葉心恬的美是明媚嬌艷的，就像是發光體一般，讓人移不開眼。

葉心恬只顧著悶頭趕路，很快就將那些傾慕眼神拋在身後，離熱鬧的商店街越來越遠。

花忍冬家是一棟兩層樓的建築物，外形極為古樸，不管是可樂瓦所鋪蓋的屋頂，還是由側柏所建成的牆壁，都散發著歷史悠久的味道。在屋子斜前方還有一口早已乾涸的古井，也是村裡僅存的井，其他處都被塡平了。

除此之外，這棟位在村子角落的建築物後方還種了一片楊樹，只要風一拂過，就會發出細細的沙沙聲。

大門是敞開的，葉心恬熟門熟路地走進屋裡，卻沒有在客廳看到宮芊凝的身影，不禁怔了一下——行動不便的宮芊凝常常待在客廳靠窗的位置看書或看電視。

*或許在房間吧？*葉心恬也沒有多想，逕自往樓上走，只想趕緊洗掉一身的黏膩感。

當她拉開與林綾同住的客房拉門，發現裡頭仍舊空無一人時，不由得噘起了嘴唇。她本以為自己在活動中心耗了這麼久，林綾也該回來了。

「該不會還待在圖書館吧？眞是的。」對於好友一遇到感興趣的事物就一頭栽進去的個性，葉心恬忍不住搖搖頭。

她從行李裡拿出乾淨的衣物，三步併作兩步地往浴室走去。一路上經過其他人的房間都未聽到聲音傳出，看樣子夏春秋等人也還在外面，不知道忙什麼事情去了。

二樓浴室不大，沒有浴缸，只有蓮蓬頭。葉心恬攏了攏微鬈的長髮，動作俐落地脫掉衣服。

雖然以往洗澡都要花上半小時，如果算上泡澡的時間，甚至要花上一小時，但自從住進宿舍後，葉心恬也開始學著如何縮短洗澡時間。

十五分鐘後，一身清爽的葉心恬愉快地從浴室出來。被水蒸氣蒸騰出粉色的肌膚，讓她看起來更加明艷，一頭濕漉漉的長髮則是被大毛巾包了起來。

回到房間拿出吹風機，她站在鏡子前，悠然自得地吹起頭髮。一頭長鬈髮在褪去水氣後，變得更加光滑柔順。

葉心恬滿意地看著鏡中的自己。洗過澡之後，不只身體舒服了，連心情也跟著輕鬆起來，她瞄了一眼掛在牆上的鐘，現在時間，三點二十分。

「去廚房看看有什麼可以吃的吧。」葉心恬將頭髮撥至身後，決定下樓找些東西墊墊肚子。

她原本想要直接走到廚房，不過轉念一想，宮芊凝應該在家，那還是先問問主人比較好。於是她腳跟一轉，走進了客廳另一邊的走廊。

相較於日光充足的客廳與廚房，這條沒有窗子的走廊顯得幽暗又昏沉，葉心恬注意到，有間房的房門是半掩的。

「芊……」一個字才剛滑出舌尖，葉心恬忽地聽到房裡傳出細碎的聲音，像是兩個人在講話。

楊紓在活動中心，夏春秋等人更不可能到宮芊凝房間，那麼，是誰在裡頭？

葉心恬狐疑地瞇起眼，悄悄湊上前，從門縫窺進去。然而寬敞的臥室內只有宮芊凝一人坐在梳妝台前，看不到第二人的身影。

葉心恬愣然地瞪大眼，對話的的確確是從房裡流洩出來的，但仔細一聽，就會發現兩道聲音如此相似，柔和中帶有一絲輕靈。

都是宮芊凝的聲音，然而對話內容卻不像是自言自語。

「妳還在猶豫不決嗎？想想他們是怎麼對待妳的吧。呵，妳以爲他們是眞心對妳好嗎？那只不過是施加了同情心的善意而已。」

「不是這樣的。」

「哪裡不是呢？可憐的芊凝，妳的母親對待那個沒血緣的兒子比對妳還要好。看看妳，因爲數年前不小心跌下山、摔斷了腿，現在只能坐在輪椅上。以前對妳示好的男孩們現在都跑去哪裡了？」

「我……」

「妳的弟弟雖然喊妳一聲姊姊，可是他對那個戴眼鏡的女孩比對待妳更上心。還有那個紅頭髮的男孩，人家可是完全沒有把妳看在眼裡呢。不能自由行動的芊凝，只能坐在輪椅上過一生的芊凝，又有誰會想要跟妳在一起？多麼麻煩哪。」

砰！宮芊凝忽地重重拍了下梳妝台。從葉心恬的角度看去，她可以清楚望見鏡中映出宮芊凝脫俗美麗的臉孔，但與聽見的語氣、動作不同，她的表情帶著笑意，唇角譏誚地揚起。

葉心恬只覺得一股寒意從背脊竄出，鏡裡鏡外的不諧調感讓她毛骨悚然。

那眞的是芊凝姊嗎？鏡中的表情如此陌生，甚至眉眼間竟比往時多了一絲妖嬈。

葉心恬幾乎要以爲眼前的一切是自己的錯覺，可是房間裡的對話仍舊持續著。

「不要忘記妳的承諾，妳答應過我，妳會讓我恢復雙腿！」宮芊凝嗓音緊繃尖銳。

「對不起喔，芊凝，我跟妳說了謊。」鏡中的美麗臉孔露出帶著歉意的微笑，「妳的腿其實已經好了，只是我沒有讓妳發現而已。因爲啊，我需要妳的身體做一些事。」

「妳……！」

宮芊凝愕然的嗓音才剛響起，下一秒卻又轉爲柔軟似蜜的聲音。

「噓，接下來的事情就是祕密了，可不能讓小葉知道呢。」

坐在梳妝台前的宮芊凝忽然轉過頭，鑲嵌在臉上的那雙眼睛太過妖嬈詭異，竟散發著幽紫光芒，如同兩團鬼火。

葉心恬渾身一僵，她沒想到自己偷聽的行爲竟全數落入宮芊凝眼底。那冰冷譏誚的眼神就像是蛇盯上了獵物。

無法抑制的顫慄爬上全身，她恐懼地向後退，不敢再往房裡多看一眼，轉身拔腿就跑。

心底的警鐘正瘋狂敲響，要她趕緊逃離這裡。房間裡的人是宮芊凝，卻又不是宮芊凝。不，那眞的是人類嗎？一個人的眼睛怎麼會瞬間變成紫色！

葉心恬的腦海裡只剩下一個念頭，就是跑！

她跌跌撞撞地從走廊裡衝出來，眼見大門就在眼前，屋外陽光刺眼，但是葉心恬前衝的步伐卻在距離大門約莫半公尺時，戛然而止。

她不敢置信地看著門口，那邊竟飄浮著無數隻大大小小的蜘蛛……不，不是飄浮，牠們皆盤踞在一片與門板同寬的蜘蛛網上。只是蛛絲太細，要不是在陽光的映照下折射出縷縷銀光，幾乎教人看不眞切。

「啊……」葉心恬顫抖著嘴唇，那些蜘蛛的數量太多，彷彿在不懷好意地注視著自己。再仔細一瞧，就會發現牠們的口器吐出了細細青煙。

葉心恬從來沒聽說過蜘蛛會吐青煙，更何況在她剛才進入花家前，門口處並沒有這片蛛網，更遑論那些蜘蛛了。

*怎麼辦，現在要怎麼辦？*葉心恬心急如焚，幾次欲舉步往前衝，豁出去地衝破這片蜘蛛網；但只要一想到那些蜘蛛會落在身上，甚至有可能鑽進衣服裡，她便覺得渾身發毛。

葉心恬手足無措地僵在門前，不時轉頭往後看，就怕宮芊凝追出來。鏡子裡的人說過，宮芊凝的腿其實已經好了。

但是她也知道，這樣佇在原地不是辦法。

對了，後門！葉心恬腦中靈光一閃，想起廚房的後門。她急忙調轉方向，然而當她一個箭步衝進時，卻發現桌邊竟坐著一名陌生女子。

她單手托腮，大波浪的鬈髮垂在身後，側著臉，彷彿在漫不經心地觀望著什麼。察覺到葉心恬的出現後，她慢悠悠地轉回視線，抬起頭，露出一張嫵媚的臉孔。

葉心恬卻絲毫沒有鬆口氣的感覺，相反地，心底的驚懼感更強了。

那明明是美麗的女子，但是、但是……哪個人類會擁有一雙暗紅色的眼睛呢！

葉心恬恐慌地向後退去，腳步踉蹌，甚至差一點絆到自己。

女子像是覺得有趣般挑起眼角，猩紅眸子裡如同有血浪在湧動。她緩緩站起身，對著葉心恬露出一抹嬌艷的笑容，可是嘴角拉出來的弧度卻不帶半絲人氣。

女子輕打了個響指，葉心恬原本慌亂後退的腳步猛然頓住。並不是她自己主動停下來的，而是有什麼抵住了她的背後。

葉心恬顫顫地回過頭，看清後方東西後，不禁倒吸一口涼氣。那是一片織得密密麻麻、淺銀泛光的蜘蛛網，將她後退的路完全堵住。

葉心恬驚慌失措地想要將手臂從蜘蛛網上扯下來，但是強烈的黏性卻讓她越掙扎越深陷其中。大半個身子都被纏在上頭，只剩下脖子以上還可以自由活動。

「沒用的，蛛女的網子可是很堅韌的。」

透出笑意的輕靈嗓音讓葉心恬心臟一跳，原本還在激烈掙扎的身子猛然僵住。

葉心恬駭然發現，宮芊凝正嫻靜地站在蜘蛛網後，眼角含著妖嬈的笑，舉手投足所散發出來的氣質，與先前判若兩人。

「妳、妳是誰……妳不是芊凝姊！」就算心底非常恐懼，但葉心恬卻不甘就此示弱，一雙明媚的眼睛尖銳地望向宮芊凝，從牙關裡擠出質問。

「我是誰？」宮芊凝愉快地笑了，但在盯著葉心恬一會兒後，她唇邊的弧度忽然微斂，甚至像是感到吃驚般，帶著審視意味地重新打量起這名長鬈髮少女。

「怎麼了，大人？」有著暗紅眼瞳的蛛女從桌旁站起。

「沒什麼。」

宮芊凝抿起的唇瓣又柔軟地舒展開來，在葉心恬驚疑不定的注視下，她纖白的指尖從驟然敞開一道口子的蛛網穿過去，點在了葉心恬的眉心。

「只有一條尾巴的小狐狸，掀不起什麼風浪的。」

這句話說得極輕，葉心恬只看到宮芊凝的嘴唇微微蠕動，卻聽不清楚內容。

驀地，脖子上一陣刺痛傳來，彷彿有什麼陷進頸部肌膚。她僵硬地轉回去，卻發現蛛女不知不覺間已無聲欺近，與人類截然不同的尖利牙齒嵌進她的頸子裡。

然後，葉心恬什麼也聽不到了。世界彷彿這瞬間都在旋轉，鋪天蓋地的黑暗猛然襲來，她如同斷了線的木偶一般掛在蜘蛛網上，失去所有力氣與意識。

蛛女慢慢移開牙齒，蒼白的臉孔漾起歪斜笑容，襯得那雙猩紅眸子越加詭譎。

「您要吃了這個女孩嗎？」

「不，我想到了更有趣的主意。」瞧著毫無反抗之力的葉心恬，宮芊凝揚起唇角，笑得越發愉悅了。

蛛女沒有詢問，只是恭謹地站在原處，等待宮芊凝的指令。

「先把她丟進井裡吧，然後就可以去做妳想做的事了。放心，我不會對妳父親出手的。」漫不經心地拋下這句話，宮芊凝轉身就走。從容優雅的步伐，讓人無法想像她在數分鐘前還坐在輪椅上。

聽聞指令後，蛛女似血的詭譎眸子迸出一抹光芒，那是揉合了喜悅與怨毒的矛盾情緒。

宮芊凝走沒幾步，忽地又停下來，轉頭看向蛛女，妖嬈的眉眼間流轉著溫柔的殘酷。

「事情辦完後，來廣場上找我。一年三日的懸槐祭，自然要一場最盛大的揭幕儀式。」

□

位在村落一角，有著寶藍色大門的建築二樓，原本在書房裡翻看文件的戴坤瑞敵不過倦意來襲，眼皮漸感沉重，最後終於不支地趴在桌上，被睡意攫獲。

意識朦朧間，他好似聽到有誰柔聲喊著自己的名字。那聲音一聲接著一聲，彷彿要把他從黑甜鄉中挖起。

「天淑……讓我睡一下下就好……」他含糊地說。連日來爲了失蹤案與祭典的事，他已耗費極大心力，現在只想好好休息一下。

「不行呢，坤瑞，你得先起來才行。」

尾隨在這道柔軟嗓音之後的，是窗簾被拉上的聲音。戴坤瑞勉強掀開眼皮，撐起沉重的頭顱，朝著窗戶看去，只見一道纖細身影正站在那邊，雙手還抓著窗簾。

似乎是察覺戴坤瑞的注視，她回過頭，輕揚艷紅的嘴唇，笑得嫵媚又溫柔。

那不是陳天淑，而是有著大波浪鬈髮，容姿嬌艷的女性。

明明是一抹美麗的笑容，卻讓戴坤瑞的睡意瞬間褪得一乾二淨。他不敢置信地瞪大眼睛，如同看到洪水猛獸似的，上半身快速地從桌面彈起，雙手緊抓著椅子把手，連人帶椅地向後退去。

「慧、慧婷！」他渾身都在發抖，一向憨厚老實的臉孔刷成了慘白，冷汗如同開閘的瀑布，瞬間浸濕後背。

「好久不見了，坤瑞。」

被宮芊凝稱為蛛女的貌美女性放開窗簾，笑盈盈地往前走幾步，這個動作讓戴坤瑞反應極大地又往後滑去。

「不……妳、妳……」戴坤瑞仍舊說不出完整的話，他連牙關都在打顫。

「真是讓人高興，你似乎還記得我呢。」蛛女眼角上挑，看似含笑的繾綣神情，卻是不帶絲毫人氣。

「為什麼……妳明明已經……」戴坤瑞嘶著氣，手指因為恐懼而緊緊扳住椅子扶手，力道大得就像是要把它扳斷似的。

「我明明已經被你們夫妻殺死了，為什麼還會出現嗎？」蛛女聲音一凍，眉眼染上了讓人不寒而慄的冷意，幽黑的瞳孔轉瞬間化成詭譎的猩紅，彷彿有血在裡頭翻騰不止。

「咿——不要過來、不要過來！」戴坤瑞駭然地大喊，身子就像是浸在冷水裡，凍得他渾身發顫。

「你在怕我？當初和陳天淑狠下心來殺掉我的你，竟然會感到害怕？」

蛛女就像是覺得有趣似地輕笑出聲，明明是悅耳的嗓音，但落在戴坤瑞的耳裡就像是一把凌厲的刀，刮得他遍體生寒。

房門被關起、窗簾被拉起的書房，此刻被昏黃色澤籠罩，一時竟讓人產生逢魔時刻般的錯覺。

娉婷而立的蛛女，明艷的美貌更是透出一份猙獰，襯得一雙暗紅眸子越發妖異。那已經不是人類能擁有的眼神了。

「妖、妖怪——！」從心底猛然迸出的這兩個字最後化作慘叫衝出喉嚨，戴坤瑞驚慌失措地想要再和蛛女拉開更大的距離。

他踢著腳，讓椅子大力向後滑去，卻一時沒注意到身後就是書櫃，頓時重重撞上，震得書櫃晃了幾晃，甚至有幾本書掉了下來，砸在他身上。

但戴坤瑞卻無暇在意自己有沒有被書角砸出傷來，這時，蛛女已離他更近了。

他心慌意亂地想要從椅子上站起，然而一對上那雙猩紅的眼睛，他就覺得自己像是被蛇盯上的青蛙，動彈不得。

「坤瑞。」

蛛女忽然停在書桌前，雙手撐在桌沿，將身子大半重量倚在厚實的書桌，漫不經心地開口，「你不是答應過我，等你回來後會和我結婚的。爲什麼你卻娶了陳天淑那個女人？」

戴坤瑞驚恐地瞪大眼，喉嚨像是哽著魚刺，平時巧舌如簧的他竟然一句話也說不出來。

蛛女也不在意他的沉默，只是半瞇著眼，唇角翹了翹，悅耳嬌媚的嗓音繼續迴響在封閉的書房裡。

「因為陳天淑家比較有錢？因為她可以幫助你少奮鬥好幾年？」她就像是在自問自答，「所以，你就拋棄了我，對吧？」

面對再明顯不過的答案，戴坤瑞沒有勇氣點頭。他僵直著身體，只覺得書房安靜到好像會被自己紊亂的呼吸聲所填滿。

蛛女似笑非笑地瞥了他一眼，輕輕打了個響指。

下一秒，原本昏黃的空間突然被黑暗覆蓋，家具輪廓更是一寸寸被吞噬，看不見書桌、看不見沙發、看不見緊閉的門……

但是，明明四周一片漆黑，蛛女的身影卻是無比清晰。戴坤瑞可以清楚看見那道姣好的身影就站在離自己一公尺遠的地方，蒼白的臉孔正掛著一抹歪斜笑意。

「坤瑞，你還記得當初是怎麼殺了我的嗎？」

蛛女詢問的聲音既柔軟又甜蜜，就像是情人間的絮語，但是戴坤瑞卻猝然一悚，無法控制的顫慄爬滿全身。

他怎麼可能會忘記呢？當初就是因為受不了慧婷三天兩頭上門來鬧，甚至揚言會讓他與妻子永無安寧之日，他在憤怒之下，才會將慧婷打暈關進自家地下室，然後……

「我、我不是故意的……我當初只是太生氣了，才會失去理智地做出那些事……我不是故意要殺妳的！」戴坤瑞著急地辯駁。

「不是故意的？」蛛女就像是覺得有趣似地咯咯笑了起來，猩紅如血的眸子緊緊鎖住戴坤瑞不放，「原來，把我關在地下室覺得還不夠，甚至將我丟進木箱子裡，倒進了無數隻蜘蛛，叫作不是故意的？」

「戴坤瑞，你讓我活生生被蜘蛛咬死，你讓我承受了無比痛苦的死亡，這樣叫作不、是、故、意、的？」蛛女眼底像是搖曳著凶焰，聲音越拔越高，狠狠地切進了戴坤瑞的耳膜，「你跟陳天淑聯手殺了我之後，竟然還敢對我父親謊稱我是受不了打擊而離家出走！」

「對不起……對不起……我知道我錯了……求求妳，慧婷，看在往日的情分上，放我一馬……」戴坤瑞渾身發顫，再也沒有平日與村民談笑風生的村長風範。

「你以爲我會這麼容易放過你嗎？」

蛛女眼底的笑意猙獰得讓人害怕，她的聲音如刀，每一字的落下都讓戴坤瑞的心臟悚然地跳了一下。

會被殺死的！寒意從戴坤瑞腳底板生起，就連腦中也不斷發出警報。他慌張失措地想要從椅子上站起，但才剛撐起身子，卻在瞬間被一股強勁力道壓回去。

只見蛛女一揚手，一張縱橫交錯的銀白色蜘蛛網平空浮現，覆蓋在戴坤瑞的上半身，將他困在椅子上。不管他如何掙扎，堅韌的蛛網始終沒有鬆脫，依舊牢牢地黏住他的身體。

「你如何對我，我便如何待你。」蛛女唇角綻出一抹充滿怨毒的笑，字字凍人心扉。

當這句話落下後，戴坤瑞忽地聽見窸窸窣窣的聲響從底下傳來。他低下頭，瞳孔瞬間收縮，肝膽俱裂地發現無數隻蜘蛛正朝他飛快爬來。那些蜘蛛有大有小，但無一例外地都吐著青煙。

這毛骨悚然的畫面讓戴坤瑞驚駭地尖叫起來，他蹬著腿，想要將那些爬上褲管或是鑽進褲子裡的蜘蛛甩掉，卻徒勞無功。

越來越多蜘蛛竄上來，以迅捷無比的速度佔據戴坤瑞露在衣服外的每一寸肌膚；沒有地方攀附的蜘蛛便鑽進了耳朵、鼻子、嘴巴，他連尖叫也無法發出了。

不到一會兒，戴坤瑞身上覆蓋了密密麻麻的蜘蛛，乍看之下，就像是一具黑色的人形，再也找不出其他色彩。

但是很快地，黑色又轉成了青色，原來是那些蜘蛛噴吐的青煙將戴坤瑞包裹在其中。

蛛女沒有再多看他一眼，只是款款往前走。隨著她的每一步，那些黑暗便褪一些，當她握住門把時，所有幽黑已從書房裡褪得一乾二淨。

依舊昏黃得不可思議的封閉空間，每件家具都在原先的位置上，甚至連戴坤瑞先前所坐的椅子也仍在書櫃前，只是上頭卻不見戴坤瑞的身影，只有無數隻堆疊的蜘蛛，就像一座黑色與青色交雜的小山。

當蛛女轉開門把，赤裸的右足踏上走廊時，所有蜘蛛驟然從椅子上往下爬，如同山崩一樣，讓椅子頓時被震得搖搖晃晃，砰的一聲倒在地板上。

重物撞擊的聲音從二樓傳下來，在靜謐的屋子裡顯得異常清晰。正在滑手機的陳天淑頓了下，沒好氣地抬頭向樓上喊道：「坤瑞，你是在拆房子嗎？」

陳天淑的聲音高亢並且帶著不耐煩，但二樓卻沒有傳來任何回應。

「搞什麼鬼……」將手機扔在沙發上，陳天淑站起身，決定去樓上看發生了什麼事。

該不會是那個死老頭又打電話來，丈夫氣不過，砸了什麼吧？陳天淑只要一想起戴坤瑞告訴她的那通電話，心情就越發惡劣。

對於陳天淑而言，曾經和丈夫交往過的慧婷是她心裡的一根刺。與相貌平凡的自己不同，慧婷嬌艷如花，嫵媚的笑容和眼神讓她倍感威脅。就算她已經和戴坤瑞結婚，就算她擁有的錢足以讓戴坤瑞捨不得離開，她還是無法安心。

誰知道信誓旦旦說絕不會和慧婷再有牽扯的丈夫，哪一天會不會受不了誘惑，與那女人藕斷絲連？

對於做妻子的她而言，美麗的女人都是敵人。

也幸好那時候的慧婷性烈如火，不懂使用哀兵之計與懷柔政策，反倒是三天兩頭來鬧事，甚至還撂下狠話要鬧得他們家雞犬不寧，才讓丈夫終於下定決心，一不做、二不休。

就算已經過了半年，但是陳天淑仍舊清晰地記得那一日的每個畫面。

無預警闖進家來、對著他們破口大罵的慧婷，失去理智憤而拿起櫃子上花瓶朝慧婷砸下的丈夫，以及慫恿丈夫將她關進地下室的自己。

因爲被花瓶砸傷了腦袋，慧婷陷入昏迷，毫無反抗之力地被他們用繩子綁起來，抬進地下室。就在她思索著要如何解決慧婷的時候，丈夫卻提出了一個瘋狂的點子，他想要讓慧婷活生生被蜘蛛咬死，否則無法平息他心底的不滿。

眞是個好主意，不是嗎？

爲了完成這個驚人的計畫，由丈夫負責到外縣市搜購數量眾多的有毒蜘蛛，而她則是留在家中監視慧婷，同時散布慧婷已經離家出走的謠言。

由於慧婷個性偏激，以及丈夫敦厚老實的形象深植人心，因此謠言效果出乎意料地好。才幾日，丈夫便悄悄地帶了一堆蜘蛛回到家裡，陳天淑幾乎是壓不住興奮地將慧婷拖進一只木箱子裡，然後看著丈夫將蜘蛛倒進箱裡，再迅速封蓋。

只是一瞬間，慧婷驚慌失措的慘叫聲便從箱子裡傳出，隨著聲音越來越淒厲，陳天淑的心情就越發痛快。

地下室的隔音極好，因此陳天淑絲毫不怕聲音傳出去被村人察覺。直到拔高的尖叫驀然中斷，箱子也停止震動之後，她與丈夫才心滿意足地對視一眼，兩人臉上都露出了如釋重負的表情。

最後那只裝了慧婷屍體與蜘蛛的箱子，被他們用火燒得一乾二淨，殘餘的灰燼再全數撒至槐山，村子裡的人對慧婷的失蹤沒有絲毫起疑。

除了天賜伯。

「眞是個麻煩的死老頭。就認命一點，當作自己的女兒離家出走，不是很好嗎？」陳天淑恨恨說道。或許是因爲仗著客廳裡只有自己一人，她的聲音並未刻意壓低。

當她準備走上二樓時，卻發現樓梯口立著一抹娉婷身影。

不管是嬌艷蒼白的臉孔，還是披散在身後的鬈髮，都讓陳天淑瞬間倒吸一口涼氣，腦中猛地迴響起丈夫曾說過的話。

「就在剛剛，天賜伯打電話過來。他說忍冬的朋友在我們家遇到慧婷，是她開的門。」所以……這不是惡作劇，而是現實嗎？陳天淑顫顫地向後退，背部像是被人突然倒下一盆冰水，凍得她渾身發冷。

「怎麼可能……」她艱難地開口，只覺得一口氣哽在喉嚨裡，險些讓她無法呼吸，「爲什麼妳會出現在這裡？」

有著猩紅眼瞳的蛛女沒有回話，她唇邊沾著一抹歪斜笑意，慢慢地走下來。赤裸的雙足踏在樓梯上，發出輕輕的咚一聲。

她落下的每一步，都像是踩在陳天淑的心臟上。

陳天淑心驚膽跳地向後退去，就算有無數個疑問盤旋在腦海裡，但只要一去思考那些問題的答案，她就無法抑制地渾身發抖。

已經被蜘蛛咬死的慧婷爲何會出現？

正常的人類會擁有那麼古怪的紅色眼睛嗎？

慧婷是從二樓走下來的，那麼坤瑞呢？他是生是死？

陳天淑喉嚨發乾，冷汗不斷滲了出來。恐懼就像荊棘般在心中發芽茁壯，箝制她的四肢，讓她每一步的後退都顯得無比艱辛。

「妳、妳想做什麼？」面對蛛女的步步逼近，陳天淑畏懼地擠出聲音。

「我想做什麼？」彷彿聽到笑話般，蛛女唇邊的笑綻放得越加妖艷，卻又不帶絲毫人氣。深紅似血的眼瞳看似漫不經心，但仍舊緊鎖著陳天淑不放，就像在逗弄獵物一般。

那股緊迫逼人的壓力讓陳天淑越發心驚，她慌張地想要朝門口衝去，卻在轉過頭的瞬間發現身後不知何時竟已垂下無數細白的蛛絲，每一根蛛絲上都攀附著一隻蜘蛛。

乍然一看，這些數量眾多的蛛絲就像是白色紗簾，輕輕地晃呀晃的。明明出口近在咫尺，但陳天淑一時被駭得雙腳動彈不得。

「蜘、蜘蛛……！」她抖著嘴唇，血色從臉上完全褪去。

「現在，妳還不知道我想做什麼嗎？」

蛛女優雅的嗓音愉快地從背後響起，陳天淑驚慌失措地轉過頭，卻在回首的剎那，所有聲音都被堵在喉嚨裡，只能發出破碎的氣聲，身子不受控制地瑟瑟發抖。

那是什麼？那是什麼！陳天淑大腦一片空白，牙齒格格打顫。在她驚恐的眼睛裡，倒映出蛛女嬌艷死白的臉孔，但是，曼妙腰肢以下連結的卻不是人類的身軀！

她擁有人類的上半身與蜘蛛的軀體，八根細長的足肢撐起她的重量，而鑲嵌在臉上的猩紅眼瞳正居高臨下地俯視陳天淑。

「怪……怪物！」恐懼終於衝破了臨界點，陳天淑歇斯底里地尖叫出來。她甚至顧不得那些從天花板上垂吊下來的蛛絲與蜘蛛，慌不擇路地拔腿就跑。

但是她才前衝幾步，卻有東西突然纏住她的兩隻手腕，強橫的力道將她向後拖去。陳天淑驚恐地回過頭，想要知道是什麼扯住自己，但回首之後，更大的絕望湧上心頭。

巨大的蜘蛛後體部噴出了堅韌的白色蛛絲，正緊緊地纏住她的手腕不放。

陳天淑慌亂哭叫，雙腳拚命往前踢，想要掙脫束縛，但是她的力氣又怎麼比得過此刻如同怪物化身的蛛女？

只見那八根細長的足肢退了幾步，輕而易舉便將陳天淑拖至身前。蛛女的臉孔綻出殘酷笑意，她咧開嘴，露出森白的尖牙，迅雷不及掩耳地咬在陳天淑的脖子上。

毒液迅速注入身體裡，只見原本還瘋狂掙扎的陳天淑逐漸沒了力氣，但她一雙眼睛仍舊瞪得大大的，裡頭滿是驚悚。

蛛女鬆開陳天淑的脖子，讓那具身體軟綿綿地癱倒在地，她抬眼看向懸停在蛛絲上的大小蜘蛛。

「孩子們，慢慢地吃掉她，千萬不要讓她太快死去。」

優雅卻殘忍無比的聲音落在陳天淑耳裡，她無法動彈，只能絕望地看著那些蛛絲越垂越長，一絲絲地落在她的身體上。

蛛女漫不經心地瞥了眼如同斷線木偶的陳天淑，隨即收回視線。她微啓雙唇，青色的薄煙從嘴裡飄出，裊裊環繞住龐大身子，接著，煙氣又逐漸擴散，化成了薄如紗帳的青霧。

不到幾秒，這些包覆住蛛女的霧氣又飛快褪去，只是與先前有所不同的是，佇立在地板上的不再是有著人類上半身、下半身是蜘蛛的怪物，而是身姿姣好的女性。

「接下來，該陪大人去參加祭典了。」蛛女微笑說道，猩紅的眼瞳流轉著奇異光輝。

窗外天色已從蔚藍轉成了綺麗的玫瑰色，橙紅似火的夕陽斜掛在天邊一角，宣告著白日將盡，夜晚將至。

身爲祭典總幹事的謝海山正待在辦事處，堆放許多雜物的空間此刻只有他一人。其餘人已就定位，進行懸槐祭的最後確認，等時間一到，祭典就可以正式揭幕。

謝海山坐在辦公桌前，神色凝重地拿著話筒。當話機裡的聲響再次轉成盲音之後，他只好無奈地掛掉電話。

「坤瑞也眞是的，祭典都要開始了，怎麼還沒見到人？」謝海山皺著眉。他已經撥了戴坤瑞家中的電話和手機好幾次，卻一直無人接聽。

身爲村長的戴坤瑞雖然不用全程參與祭典，但必須負責開幕時的致詞，然而原本和謝海山約好會在這時間出現的戴坤瑞卻一直不見人影。

謝海山瞪著電話，思考著是再打一次，還是直接衝去對方家裡找人的時候，原本闔上的大門突然被推開來。

「坤瑞，你總算來——」最後一字還沒吐出，謝海山在看清推門而入的身影時，眼裡雖然透出了詫異，卻還是連忙迎上去。

「芊凝啊，妳怎麼一個人出來？沒人幫妳推輪椅嗎？妳要過來的話可以先跟我說一聲，我好找人去接妳。」謝海山一邊連珠砲地問，一邊繞到宮芊凝的輪椅後，將她推至辦公桌邊，然後自己才又坐了下來。

「海山叔叔，你太小題大做了。我一個人沒問題的。」宮芊凝柔柔一笑，清麗的眉眼少了往昔的憂鬱，讓人瞧著舒心不少。

「妳唷，明明就不方便走路，如果出了什麼事，我一定會被阿紓扒掉一層皮。」對於宮芊凝的話，謝海山不禁搖了搖頭。

但是宮芊凝卻沒有回應，她反倒猶如自言自語般輕聲說道：「妳瞧吧，連這個男人都在同情妳……」

「芊凝，妳剛說了什麼？」謝海山沒有聽清楚，斷續捕捉到的隻字片語讓他露出疑惑的表情。

「沒什麼。」宮芊凝若無其事地微笑，漫不經心地掃了四周一圈，隨即目光又落至謝海山臉上。

被她看得不自然的謝海山摸了摸臉，還以爲臉上沾到什麼。

「海山叔叔，我今天來，是有一件事要告訴你。」宮芊凝語氣柔軟地開口，「祭典開幕時，我要上台。」

「妳在說什麼傻話啊，芊凝。」謝海山只以爲宮芊凝在開玩笑，並沒有放在心上，「妳又不是不知道，開幕時一向是由村長致詞。」

「所以，我只是『告訴你』，並不須獲得你的同意。」宮芊凝臉上的笑容越發燦爛，一向清雅脫俗的眉眼竟多了一絲妖嬈。接著，深黑的瞳孔驀然轉化成深紫，一時竟如同鬼火般淒艷。

「戴坤瑞不會出現了，由我代替他上台。」

宮芊凝一字一句地說，優雅的聲音落入謝海山耳朵裡，他竟如同著魔似地點點頭，神色僵硬麻木。

宮芊凝不再看向他，而是自顧自地瞧著自己細白的手指。這是她的手，卻也不是她的手，不過……

「我喜歡這個身體。」她輕聲說，揚起柔軟的嘴唇，「可愛的芊凝，我已經完成妳的願望，讓妳雙腳恢復行動能力。現在，換妳來實現我的願望，把妳的靈魂跟身體都給我吧。」

「什——！」

宮芊凝難掩錯愕地驚呼一聲，在旁人看來卻是無比詭異的一幕，就像是有兩個人用著同一張嘴說話。

只見宮芊凝的眼瞳驟然交織出深黑與幽紫兩種色彩，一驚慌一優雅的聲音交錯響起。

「妳不可以這樣做！這和我們當初的約定不一樣！」

「傻芊凝，我是騙妳的啊，妳就乖乖地讓我吃掉妳剩下的靈魂吧。」

很快地，詭異的紫色迅雷不及掩耳地侵佔了雙眼，那張出塵美麗的臉孔也越漸妖嬈，最後，「宮芊凝」愉快地笑了起來。

第五章

天色漸漸昏暗，懸掛在高空的紅燈籠也變得更加顯眼。紅艷的光芒襯著天空，遠遠看去就像是一條長長的紅色帶子。

和父親約好在代神村一處碰面的夏春秋，一邊注意外頭幽暗的道路，一邊從口袋裡掏出手機，想要通知花忍冬自己與妹妹會晚點到。

不過才剛拿起手機，手機鈴聲卻無預警地響了起來。

「是爸爸嗎？」坐在石頭上的夏蘿抬起蒼白小臉。

夏春秋疑惑地瞧著螢幕，當左容兩字清楚地映入眼底時，他的心臟頓時跳了好大一下。

「是……左容。」夏春秋的聲音透出緊張，手忙腳亂地按下通話鍵，再把手機貼至耳邊，期期艾艾地喂了一聲。

「春秋，你和小蘿快到了嗎？」左容淡漠卻又隱隱透出關切的聲音響起，她似乎待在一個極熱鬧的地方，不時可以聽見嘈雜的人聲。

「還、還沒，我們會晚一點過去。」光是聽著左容的聲音，夏春秋的兩隻耳朵就不受控制地紅了起來，他甚至覺得臉頰也微微發燙。

「有事要辦？」

「嗯，我爸要來代神村，我和小蘿在等他。」夏春秋盡力維持著平穩語氣，畢竟在自己心儀的女孩子面前，他還是希望可以留下好印象。

只要一遇到左容，他就容易緊張，心跳也會加快不少。可是夏春秋卻對自己沒什麼信心，他不知道左容會不會喜歡像他這樣外形瘦弱的男孩子。畢竟，身材高挑、相貌中性的左容，看起來甚至比他還有男子氣概。

夏春秋低頭瞅瞅自己，沮喪地嘆了口氣，卻沒想到這聲嘆息竟讓左容聽了去。

「怎麼了，春秋，發生了什麼事？」

「啊，不，什麼事都沒。」夏春秋趕緊收攏心神，明明知道手機另一端的左容看不見自己，卻還是反射性地搖搖手。

就在這時，夏蘿忽然拉了拉兄長的衣角，指向有車燈亮起的道路。

是爸爸嗎？夏春秋往車子方向看去，由於大燈實在太亮了，讓他一時看不真切，反倒被燈光扎得眼睛忍不住瞇了起來。

一輛看起來有點年紀的白色轎車在他們前方停下，貼有隔熱紙的車窗被慢慢降了下來，露出一張溫文儒雅的臉孔。

「春秋、小蘿。」夏舒桐愉快地向子女打了招呼。

「爸爸。」夏蘿的小臉蛋雖然平靜無波，不過那雙黑亮大眼較往時更亮了不少。

被女兒軟萌的眼神一瞅，夏舒桐的心都要化了，立即毫不猶豫地下了車，雙手一張，就把女兒小小的身子摟進懷裡。

「小蘿、小蘿，爸爸這次很厲害，有聽ＧＰＳ的話，完全沒迷路喔。」

「嗯，厲害。」夏蘿不吝惜地稱讚父親。

「沒有迷路實在太好了。」夏春秋發自肺腑地說。父親其實不是路痴，只是對於ＧＰＳ導航出來的路線總是會突發奇想地加以更動。

「別擔心，春秋，地球是圓的，爸爸一定可以順利抵達目的地。」

對於父親每回振振有詞的回應，夏春秋總是抱著一顆包容的心，反正只要結果是好的就好了。

「對了，春秋，你拿著手機是要打給誰嗎？」夏舒桐雖然摟著女兒不肯放手，但也不忘分神打量一陣子不見的兒子，看看他氣色好不好，有沒有瘦了，結果卻發現兒子一直緊抓手機不放。

「啊。」夏春秋低呼一聲，慢半拍地想起他與左容的電話正說到一半，急急忙忙向左容道了歉，並說聲晚點見，就要掛斷電話。

不過預想中的「再見」沒有出現，手機另一端反倒一片沉默，襯得喧鬧的背景人聲更是明顯。

沒有掛斷電話的盲音出現，但是左容也沒有再開口，突來的空白讓夏春秋有些茫然，忍不住詢問般輕喊了聲，「左容？」

「只是，不想那麼快掛掉電話而已。」

先前陷入沉默的左容終於開口，淡漠的嗓音鑽進夏春秋耳裡。

轟！夏春秋不只兩隻耳朵都紅了，整張臉也瞬間像火燒一般，心臟撲通撲通地跳。他用力抓緊手機，渾然不知自己手足無措的模樣已經落入了父親與妹妹的眼裡。

「那個，我、我……」夏春秋結結巴巴地擠出聲音，「我們很快就會過去了，左、左容，妳要等我！」

「好。」左容的回應雖然簡短，卻可以從裡頭察覺到一絲淡淡笑意，「我等你。」

顯示通話結束的盲音在耳邊響著，夏春秋心裡非但不覺得失落，反倒充滿強烈的喜悅，忍不住盯著手機好一會兒，彷彿這樣做就可以看到位在另一處的高馬尾少女。

只是他一抬頭就對上父親饒有興味的神情，就連妹妹也睜著大眼睛，緊瞅著自己不放。

「在跟女孩子講電話嗎？」夏舒桐笑咪咪地問，眼裡透著欣慰，頗有一種「兒子終於長大了」的感覺。

「對，是同學。」夏春秋視線游移，有些難爲情。

「那一定是很特別的女同學。」夏舒桐鬆開夏蘿，走到夏春秋前方，關心地摸摸他的頭，「春秋啊，有喜歡的人一定要勇敢去追，就像……」

「就像？」突來的停頓讓夏春秋的好奇心被吊了起來，忍不住跟著重複那兩字。

「你媽媽當初那樣。」夏舒桐的笑容透出喜愛與懷念之情。

夏春秋想起了被當成床邊故事的雙親戀愛史，想起十七年前應該發生在代神村的那場私奔，可是村人卻是一問三不知……

想要詢問母親身世的句子在舌尖上打轉，但見父親已回到駕駛座上，示意他一塊上車，這個疑問就暫時被夏春秋壓了下來。

還是等今晚祭典結束再問吧。

「春秋，你知道哪邊方便停車嗎？今天晚上是懸槐祭第一天，車子應該開不進街上。」夏舒桐回頭問道。

「我記得國小那邊好像可以停。」夏春秋想了想，依稀記得花忍冬提過村子將國小操場開放給遊客停車。

「國小嗎？那你幫我指一下路。」

「好的。」夏春秋一手抓住椅背，一手指著前方，「爸，你往前面一直開，看到一個大十字路口再左轉進去，再繼續往下開就可以看到國小了。」

「好久沒來黃槐村了，最後一次過來應該是十三年前，那時你才三歲呢，春秋，你還有印象嗎？」

「我以前有來過代神村？」夏春秋吃了一驚，就連夏蘿也跟著睜大眸子。

「是啊。」夏舒桐一邊開車一邊與他說話，「你母親說想回村裡看看狀況。對了，好像我每次來到這座村子都是懸槐祭的第一天，十七年前也是一樣……」

夏舒桐的聲音流露出一絲緬懷，腦海裡浮現初次在祭典上遇到的妻子的模樣。那是一名髮色如墨、膚色如雪，一雙眼睛看似冷漠，但在瞧向自己時卻溫柔如水的女子。

她說，她的名字叫夏伶。

□

當村人與遊客正聚集在廣場上，當夏舒桐載著一雙兒女前往國小之際，原本倒臥在地、失去意識的葉心恬，卻發出一聲不適的悶哼，睫毛顫顫地眨動幾下，在幾次掙扎之後，如同耗費極大力氣地睜開眼睛。

視界依舊一片黑暗，葉心恬的神智就像是散亂的毛線，昏昏沉沉的，什麼也無法思考。

隨著時間點滴流逝，混沌的意識終於一絲絲恢復清明，停滯的思維也開始運轉起來。

「好黑……」葉心恬茫然地眨了幾下眼，當她發現眼前所見仍舊是一片伸手不見五指的黑暗時，剎那間驚慌地瞠大了眼。

「這裡是？」她慌張地想要撐起身體，卻覺得渾身刺痛，那種動一下就讓四肢百骸發疼的不適感，讓她又虛軟無力地倒了回去。

「好痛！」她悶哼一聲，不死心地再次嘗試。

先前手掌貼在地面時，那冰涼略帶鬆軟，甚至手指往下一按還會微微下陷的觸感，讓她察覺了一件事：這裡不是室內。

就算身體因爲疼痛而不斷發出悲鳴，額頭也冒出了細密的汗水，葉心恬還是咬著牙，強迫自己坐起來。平常再簡單不過的動作，這時做起來卻是無比艱辛。

葉心恬調整紊亂的呼吸，雙手下意識抓緊衣襬，不安地觀察起周圍。

最開始，她以爲是自己的眼睛出了問題，不然怎麼會睜開了眼還是一片漆黑？但是當她使勁撐起身體的時候，卻詫異地發現，頭頂上的幽黑和周邊的漆黑有所不同。

那是屬於夜空的顏色！

這個認知讓葉心恬更加不安了。究竟是什麼地方與天空距離得如此遠？完全不像是從平地仰望夜空的感覺。

被圈成圓狀的夜空讓葉心恬心裡浮出不祥的預感，她又低下頭，摸摸腳下的地面，也不管身體只要動一下就會傳出痠痛，還是堅持地慢慢站起。

然後，葉心恬往前伸出一隻手，小心翼翼地向前走。因爲周邊實在太黑了，她的步伐不敢移動太快，每當右腳向前踏出的時候，都會先試探性地以腳尖向下踩，確定鞋子碰觸到的是堅實的地面後，她才安心地將腳完全貼地。

雖然走路的姿勢有些搖搖晃晃的，但她還是以這樣的前進方式，大概走出了五、六步，很快地，平舉在半空的指尖就觸到冰涼的壁面。

葉心恬不安地呑了下口水，手掌慢慢與手腕形成了將近九十度的角度，貼合在壁面上。接著，她也將左手貼上去，以摸索壁面的方式，謹愼地移動。

然而才走沒幾步，葉心恬就察覺到手掌底下的牆壁是有弧度的。隨著她的腳步越跨越多，感覺越來越明顯。

「不、不會吧……」葉心恬顫顫地仰起頭，看向上方被圈成圓狀的夜空。她咬了下嘴唇，突然脫下一只鞋子丟在地上，然後再次以手掌觸碰壁面的方式重新走了一遍。

當踢到先前被她脫下來的鞋子後，葉心恬不敢置信地發出一聲悲鳴，只覺得胃裡像是被塞滿冰塊，冷得她全身發抖。

圓形的幽暗空間，被套成圓狀的夜空，葉心恬駭然地瞪大眼，一個答案呼之欲出。是花忍冬家院子裡的那口井！

「怎麼可能……怎麼可能會有這種事！」葉心恬慘白著臉，用力拍打堅硬的壁面，「林綾、歐陽、花花、小夏……誰來救我！」

驚慌失措的淒厲叫喊如同要撕裂空氣，在撞擊到堅冷壁面時，形成了一圈圈回音，刮得葉心恬的耳膜生疼。

她不斷地踮起腳尖，摳抓著壁面，試圖尋找可以攀附的東西，但不管她如何嘗試，就是尋不到任何施力點。

「林綾、歐陽、花花、小夏、左容、左易！」她不死心，一遍又一遍地叫喊，直到喉嚨開始發乾，卻始終無人發現她的存在。

葉心恬彷彿被抽光了力氣，虛軟無力地滑坐在地，仰首望著距離極爲遙遠的夜空。

「讓我出去……」她喃喃地說。這種彷彿世界只剩下自己的無力感，讓眼淚如同斷了線的珍珠，滴滴答答地落下。

死寂的空間裡只聽得到葉心恬紊亂的呼吸聲。她掐著掌心，強迫自己把視線從上方收回來。

冷靜，先冷靜下來……葉心恬閉上眼睛，強壓住慌亂的情緒。現在的狀況很明顯，在沒有任何工具的幫助下，自己絕對無法從井裡爬出去，必須找人救自己才行。

對了，手機！先前因爲心頭一片混亂，這時才想起手機的存在。

她急忙探向口袋，心裡不斷祈禱，甚至連指尖都在發抖，就怕這唯一的希望會破滅。

當手指碰到堅硬的手機之後，葉心恬懸至喉嚨口的心臟總算回到原來位置。

「太好了……」她緊緊抓著手機，深吸了一口氣，哆嗦著滑動螢幕，率先開啓了手電筒APP。

當白色光芒亮起時，葉心恬差點因爲這逼退黑暗的光明而開心得哭了，就像是快要溺斃的人終於抓到救命稻草。

她舉著手機飛快環視四周一圈，除了灰沉沉的壁面，什麼都沒有看到，這也讓她不安的心稍微穩定了些，至少現在可以確定，這個地方目前沒有危險。

匆匆巡視過周圍環境，葉心恬注意到手機的電量僅剩三分之一，深怕手機會因爲一直開著手電筒而沒電，連忙先關上APP，匆匆按下林綾的電話號碼，一雙眉眼難掩緊張，屏息地將手機貼至耳邊。

快接，拜託快接電話！她無聲地祈求，每一秒的流逝對她來說都如同一世紀般漫長。

在一陣悅耳的音樂流轉過後，終於有人接通了電話。

「林綾！」

壓抑在心底的恐懼如同潰堤似的，葉心恬的眼淚頓時掉得更凶更急了。她沒有察覺到手機另一端傳來的雜亂聲響，迫切地向好友發出求救。

「快來救我……我被困在井裡了！」

□

人聲鼎沸的廣場上，聚集了幾乎全村村民與不少慕祭典之名而來的遊客。

掛在半空中的紅燈籠在晚風的吹動下微微晃動，從廣場兩邊向外延伸出去，形成驚人無比的紅色長河。

由許多木材搭起的篝火已經被點燃，旺盛的橘紅火焰搖曳著，襯出了人們臉上雀躍萬分的期待神色。

熟悉祭典程序的村民們自然知道，等村長致詞完畢後，懸槐祭就會正式揭開序幕，為了酬謝神明大人而特地準備的眾多表演也會一一登場，其中最讓人期待的，就是由村中少女們帶來的酬神舞了。

楊紓領著一票盛裝打扮的女孩站在較隱蔽的廣場角落，和情緒興奮激動的女孩們相比，她顯得冷靜許多，不過眼裡也透出了溫和笑意。

舞台不遠處，花忍冬與林綾站在一塊，細細的狐狸眼上挑，幾乎滿溢出來的喜悅讓他整個人身後像是有花在開。林綾微笑地瞧著，不知道為什麼，心裡也有一股暖洋洋的感覺。

左容和左易站的位置稍微遠了些，他們對人擠人並沒有多大的興趣。會來參加祭典，一人是為了承諾，一人是為了想要送出禮物，只是他們等待的那兩人尚未出現。

至於歐陽明，在這個時候才一手拿著棉花糖、一手抓住糖葫蘆，興高采烈地走進廣場。他踮起腳尖，想要尋找好友們的身影，可惜人實在是太多了，想要在人潮中找到特定的人，實在不是件容易的事。

不過歐陽明倒也不擔心，他隨意挑了個角落，滿心歡喜地一口棉花糖一口糖葫蘆，吃得不亦樂乎。

一聲重重的擂鼓聲突然響起，震著人們的耳膜，也宣告致詞即將開始。在眾人翹首下，卻看見謝海山推著輪椅慢慢走上舞台。

輪椅上坐著一名相貌出塵脫俗的少女，及腰的長黑髮散在背後，為她增添一絲柔弱感。外地遊客並不知道少女是誰，他們以為這是村子的安排，然而代神村的村民卻紛紛露出詫異的表情。

「芊凝？」楊紓吃驚地看著出現在舞台上的女兒，身為祭典籌備人員之一的她自然知道，女兒的現身並不在活動流程裡。

「芊凝姊？」花忍冬也愣了一下，忍不住轉頭看向母親，對方臉上詫異的神情讓他意識到這是一個意外插曲。

「晚安，代神村的各位，以及特地從外地前來參加祭典的大家。」宮芊凝就像是沒有看到一雙雙或困惑或匪夷所思的眼神，她柔聲開口，輕靈的嗓音彷彿帶有魔力，廣場上瞬間鴉雀無聲。

「感謝你們願意來參加這場祭典。」宮芊凝唇邊笑意甜蜜無比，以愉快又憐憫的眼神緩緩巡視著台下人們，「可惜的是，這麼盛大的日子裡，我卻必須告訴你們一件不幸的事。」

「怎麼回事？」

「芊凝在說什麼？」

「這是海山安排的嗎？」

村民們紛紛交頭接耳，外地來的遊客則是一臉莫名其妙。

楊紓神色越漸凝重，若不是謝海山就站在宮芊凝身後，她或許早就衝上去了。

「為了酬謝神明大人，代神村每年都會舉行為期三日的懸槐祭；但是神明大人早在十七年前就離開了村子。可憐的人們，你們究竟在酬謝誰呢？」

如果說，宮芊凝的出現像是在平靜的水面投下小石子，激起些微漣漪，那麼這句話就如同一顆重磅炸彈，炸得村人群情激動，紛紛斥責起宮芊凝。

「芊凝，不許胡說八道！」楊紓再也忍不住了，三步併作兩步地衝到舞台前，拉高嗓音喝道，「海山！你陪她鬧什麼鬧？還不快點帶她下來！」

謝海山卻是置若罔聞，只是沉默地站在宮芊凝身後，那張粗獷的臉孔毫無表情。

然而，就在眾目睽睽之下，他的脖子上突然浮現一條紅痕，暗紅液體滴答滴答地滲了出來。一寸、兩寸……頭顱逐漸從頸子上滑開，咚的一聲，如同一顆球般滾落在地。

這突來的發展瞬間駭得舞台下一片死寂，所有人不敢置信地看著少了頭顱，卻依舊直挺站在宮芊凝後方的魁梧身體。

眼前的畫面荒謬得讓人無法想像這是現實。

「海山——！」楊紓無法置信地看著那顆掉落在舞台上、表情僵硬的頭顱，聲音淒厲地喊出好友的名字。

「啊啊啊啊啊！」終於意識到發生什麼事，台下人群頓時發出尖叫，爭先恐後地想從廣場上逃開。

原本熱鬧歡騰的祭典瞬間變了調，倉皇的腳步聲與畏懼的喊叫交雜在一起，有誰被推倒了，有誰撞到了篝火，場面混亂不堪。

歐陽明手裡的零食掉在地上，他卻無心撿起，只能怔怔看著舞台上的宮芊凝。

左容、左易臉色一變，兩雙相似的細長眼睛躍出警戒。

「芊凝姊！妳瘋了嗎?」花忍冬愕然大吼，他幾乎要不認識坐在輪椅上的少女是誰了。

「我不是宮芊凝。」

有著脫俗相貌的少女彎起了柔軟的嘴唇，一雙清麗的眸子迅速染上暗紫，在火光的映襯下竟妖嬈似鬼火，淒艷得讓人移不開視線。

「吾之名爲椿。」

如同玉珠落盤般悅耳的嗓音敲落在空氣裡，激起一圈圈漣漪，然後，自稱爲椿的少女慢慢從輪椅上站起來，她的左眼是妖嬈的紫，右眼卻綻出片片花瓣，竟是開出一朵紅艷艷的山茶花。

「你們逃不掉的。」椿輕笑出聲，她拍了一下手，只見原本驚慌失措朝外跑去的人們，下一瞬間發出更加恐懼的慘叫。

「呀啊啊——怪物！有怪物！」

還待在廣場上的人們連忙轉頭看去，當他們眼底映入一張嬌艷蒼白的臉孔時，頓時悚懼地倒吸一口冷氣。

「慧、慧婷！」有誰顫抖著聲音喊出臉孔主人的名字，但蘊含在聲音裡的情緒卻是恐懼與驚駭。

他們甚至無法確定，那眞的是半年前離家出走的慧婷嗎？因爲那姣好的上半身竟然連接在蜘蛛的巨大身體上。

那已經不是人類，是怪物了！

村人們驚慌失措的叫喊，讓蛛女露出一抹歪斜笑容，鑲嵌在蒼白臉孔上的猩紅眼睛閃過異光。下一秒，後體部的絲疣忽地噴出無數銀白絲線，將數十個已跑離廣場的遊客緊緊纏住，倒拖著拉回來。那些人不斷發出慘叫，掙扎地踢著雙腳、擺動雙手，卻抵不過蛛女可怕的力量。

剩餘的人們都被這一幕驚住了，雙腳如同被釘在地上，動彈不得。

站在廣場一角的歐陽明自然也看見蛛女的詭異身形，他恐懼地瞪大眼，渾身都在發抖。他聲音被掐在喉嚨裡，一句話都吐不出來，只能發出斷續的嘶氣聲。

離篝火較近的左容、左易對視一眼，右腳迅速往放在篝火旁、用來撥弄木頭的長棍一勾，長棍凌空飛起，落進兩人手裡。

舞台前的楊紓等人並沒有看到蛛女，他們的視線都被站起身來的宮芊凝攫住了。

「怎麼……怎麼可能！」楊紓驚駭地看著行動不便的女兒竟然站了起來，眼前超脫現實的畫面讓她無法思考。

椿只是淡淡地瞥了她一眼，那眼神不帶感情，如同看著一件物品似的。纖白的手指隨意往半空中一劃，就見楊紓頸上突然浮現一條紅線。

「看在妳是芊凝的母親，就給妳一個痛快吧。」椿冷漠宣告。

楊紓只覺得視界驀地傾斜，眼前所見迅速由高變低。她甚至還在疑惑，爲什麼自己忽然看不見女兒的身影了，映入眼底的景象反倒是舞台底部？

「媽——！」花忍冬肝膽俱裂地尖叫起來，他一個箭步衝向楊紓，卻還是慢了一步，眼睜睜地看著楊紓的頭顱與身體分離，落至地面，發出了讓人驚懼的鈍響。

「阿姨！」林綾發出尖銳的抽氣聲，臉色發白地飛快趕去。

楊紓的身體如同斷了線的木偶軟癱在地，鮮血如同湧泉般濺了花忍冬一身。

「媽……媽！」花忍冬跪在楊紓身旁，顫顫地捧起她的頭顱。這瞬間，他只覺得如果這是一場惡夢該有多好……

楊紓的神情凝成一片僵愣，原本秀美的眼睛也被恐懼充盈。然後，眼底的光采慢慢消退，最後轉化爲黯然無光。

左容、左易，以及歐陽明都聽到那一聲撕心裂肺般的悲鳴，反射性轉過頭去，卻震驚地看到衝擊性的一幕，一時三人都僵在原地，呼吸彷彿瞬間被剝奪了。

花忍冬絲毫不顧雙手及衣服都沾滿了血，緊緊抱著楊紓的頭顱，如同負傷的野獸一般哭喊，眼淚沾濕他的臉頰，也滴答地落至楊紓臉上。

「花花……」

林綾悲傷的聲音響在耳邊，花忍冬無助地轉過頭，卻看不清對方的身影，氤氳的水氣模糊了他的視線。

「別哭，花花……」林綾嘆息般地說，指尖撫上花忍冬的眼角，揩去一滴滴溫熱的淚水。

花忍冬緊咬住嘴唇，雙手緊捧母親的頭顱，任林綾溫柔地擦去臉上的淚痕與鮮血。他無法控制肩膀、手指的顫抖，甚至連牙關都在格格打顫，可是他還是抬起頭，一雙細長眼睛竄出憎恨，睚眥欲裂地瞪著舞台上的纖細身影。

「宮、芊、凝！」花忍冬咬牙切齒地擠出聲音，眼神淒厲如刀。

「我不是說過了，我的名字是椿。」

左眼爲紫、右眼開出山茶花的少女輕聲說道，雪白的臉孔忽地露出微笑，竟妖嬈到讓人膽戰心驚。

「宮芊凝已經不在了，我把她的靈魂吃得一乾二淨，現在，這具身體是屬於我的。」就像是沒看到花忍冬震驚的眼神，她愉快地說著，然後打了一個響指。

一縷淡淡花香在不知不覺間盈滿了廣場，從一開始的淡不可聞變得越來越濃郁，最後編織出甜膩得熏人神智的香氣。

這個味道！左容、左易眼神一厲，迅速屏住呼吸，不讓自己吸到那股濃馥的香味。

歐陽明同樣也聞到了香味，他瞧見舞台上的少女打了一個響指，甜膩的花香就瞬間席捲而來，再怎麼遲鈍也知道這味道不單純，急忙捂住口鼻。

花香來得突然，原先還驚慌失措的人們不禁露出困惑神情，反射性吸了吸鼻子。

然而就在這短短剎那間，砰咚砰咚的聲音接二連三響起，不管是村民還是外地遊客，都一個個軟倒在地。他們雙眼緊閉，彷彿被無形的手奪走了意識。

歐陽明驚慌失措地看著倒在腳邊的人們，他們的臉孔沒了血色，變得青紫青紫的，如果不是胸膛還在起伏，他幾乎要以爲躺在地上的是一群屍體。

林綾與花忍冬也察覺到身後的異樣，奇異的是，他們並沒有聞到那股花香，就好似香味僅籠罩在離他們數公尺後的廣場上。

然而一轉過頭，瞧見了倒地失去意識的人們後，兩人不禁色變。

偌大的廣場上，現在只剩下左容、左易、歐陽明，以及蛛女還站著，但很快地，椿的一雙美眸忽地瞇了起來。因爲她發現，廣場最外圍竟然還有三道身影正在接近。

不只是椿，左容、左易與歐陽明也察覺到三人的存在。

那是臉蛋蒼白的夏蘿，眼神驚慌的夏春秋，以及左家雙子曾有一面之緣、但歐陽明並未見過的夏舒桐。

「小夏、小蘿，不要過來！」歐陽明聲嘶力竭地大喊。

「小不點，快走！」左易匆匆掃了眼夏蘿，確認對方平安無事後，便迅速將視線移回椿，警戒地注意著她的一舉一動。

「叔叔，快帶春秋跟小蘿離開，我們應付得來的。」左容語速飛快地交代一聲，抓緊長棍，戒愼地看向蛛女，暗暗盤算該如何解決掉這詭異生物。

「太讓我訝異了，竟然還有那麼多人清醒著。」

椿愉快地拍著手，眉眼沾著笑意，甜得彷彿要滴出蜜來；但再細細一瞧，蘊含其中的卻是教人不寒而慄的惡意。

「爲了表揚一下你們的堅強，我們就來玩一個遊戲吧。」

她瞧著底下失去意識的人們，紫色眼睛裡竄出一抹異光。

下一秒，只見癱倒在地的人們以極其僵硬的動作站了起來，然而他們全都臉色青白、閉著眼睛，青筋一條條迸出，看起來就像是荊棘攀纏在皮膚上。

「遊戲很簡單，不要被抓到，否則你們誰都活不了。」

悅耳的少女嗓音幽幽迴盪在寂靜無比的廣場上，椿如同指揮家似地揮著右手，在空中劃出柔和的線條，只見那些肢體僵硬的人們驟然睜開眼，不祥的紅色從瞳孔擴散而出。

「去吧。」

柔軟的兩字就像訊號一般，村人與遊客咆哮一聲，如同潮水朝夏春秋等人處擁去。

歐陽明慌張地想要轉身就跑，但身邊卻已圍上好幾個村人，神色猙獰地就要撲上來。

「哇啊！不要過來！」歐陽明慘叫地抱著頭，卻見數根燃著火焰的木頭猛地射來，撞在那些村人身上。

「快走！」左容冷靜地低喝一聲，右腳又迅速掃向篝火，以快狠準的力道再次踢起數根木頭。

「還傻在那邊做什麼？不要拖累我和左容！」左易瞪了眼廣場外的夏春秋，厲聲喊道，身手矯健地穿過那些眼露紅光的村人，朝蛛女直奔而去。

被操控的人們瞧見分頭逃散的歐陽明與夏春秋等人，就像飢餓許久的野獸看到美味的獵物，毫不猶豫地拔腿追去，只有少數幾人還留在廣場上，試圖圍困左容。

花忍冬緊抱著楊紓的頭顱，惡狠狠地瞪向椿，竟是沒有半絲想要逃走的念頭。

林綾隱去先前的悲傷，神情平靜地站在花忍冬身後。

椿就像覺得有趣地笑了起來，她輕挑秀麗的眉毛，漫不經心地說，「對了，告訴你們一個壞消息，那個叫小葉的女孩子，被我丟到井裡了。」

林綾的平靜瞬間被打破，她瞳孔收縮，不敢置信地看著椿。

與此同時，手機鈴聲驀地響起，林綾震了一下，飛快拿出手機，螢幕上顯示的來電者赫然是葉心恬。

她不再猶豫，按下通話鍵。

「林綾！快來救我……我被困在井裡了！」

葉心恬驚慌失措的呼救聲傳了出來，林綾眼神一緊，緊緊抓著手機，但她還是維持平穩的語氣，不讓葉心恬察覺異樣，輕聲安撫，並保證一定會過去搭救後，才掛斷電話。

「花花……」林綾躊躇地開口。

「先去救小葉。」花忍冬深呼吸一口氣，當機立斷地做出決定。他深深望了楊紓一眼，將她的頭顱放在她身體旁邊，啞著聲音說道：「媽，我晚點……再回來找妳……」

用力地咬了下嘴唇，花忍冬站起身，看向椿的眼神帶著難以抹除的憎恨，可是他仍毫不猶豫地抓起林綾的手，兩人雙雙往葉心恬所在之處趕去。

即使花忍冬與林綾從視線範圍內消失，椿也不在意，神色自始至終如此游刃有餘。

接著，她望向廣場上的左容、左易。有著相似面孔、身手狠厲無比的這兩人，此刻正陷入苦戰，被蛛女與村人團團包圍住。

椿娉婷而立，在紅燈籠光芒的映襯下，緩緩彎出一抹溫柔又殘酷的笑，悅耳的歌聲從嘴裡流洩而出。

「一年三日懸槐祭，黃絲帶、紅燈籠，山神的小路開啓了，往上走，可見我；往下走，陷絕境。可憐村民不知道，代神村，不見神……」

第六章

夏春秋從來沒有想到，當他與父親、妹妹來到廣場上後，映入眼底的竟是無比血腥殘酷的畫面。

謝海山的身體僵硬地站在舞台上，頭顱卻滾落在地，鮮血如同湧泉般噴出；花忍冬淒厲的悲鳴彷彿要撕裂夜空，因爲總是溫柔對他們微笑的楊紓已身首異處。

還有那上半身是人類、下半身是蜘蛛的巨大生物……夏春秋認得那張臉，那是天賜伯的女兒。但是，那根本已無法稱爲人類了。

夏春秋用手捂住夏蘿的眼睛，不願讓她看到那些駭人景象。他想要帶妹妹逃開，雙腳卻彷佛生了根，一時竟動彈不得。

冷汗不斷從背部滲出，一口氣卡在喉嚨裡，讓他呼吸困難。直到左容、左易、歐陽明的聲音從另一端高聲響起，他才猛地打了一個激靈，手腳又能動作了。

夏舒桐也瞬間清醒過來，看了眼還留在廣場上的左容、左易，長馬尾少女沉穩的低喝聲還留在耳邊，心裡的天平搖搖擺擺，最後還是兒女的安全佔了上風。

「春秋、小蘿，我們快走！」他咬咬牙，一把抱起夏蘿，又對著幾個孩子大喊，「你們也不要逞強，能跑就跑！」

夏春秋猶豫再三，他惴惴不安地看向左容、左易、歐陽明，以及林綾和花忍冬，想要喊他們一塊走，但左容卻神色嚴厲地看過來。

「快走！」

「還傻在那邊做什麼？不要拖累我和左容！」左易甩來一記凶狠的眼神，不悅地拉高聲音斥喝。

面對那些步步進逼、皮膚透出青白的村人，夏春秋一咬牙，終於轉身跟上父親的腳步。倉皇的腳步聲在死寂的夜裡響起，彷彿被放大無數倍，呼吸與心跳皆紊亂無比，誰也無法忘卻瞬間變調的祭典。

夏舒桐緊緊抱住夏蘿，掌心滿是汗水，回頭注意夏春秋是否跟上的同時，驚駭地發現後方亮著一雙雙詭異紅光的眼睛。

「爸，後面！」夏春秋也察覺到身後動靜，急忙加快腳步追至父親身邊。

「跑快一點！」夏舒桐聲音緊繃地低喊，抱著夏蘿、領著夏春秋，幾乎是有路就鑽，只想盡快甩掉身後的怪異村人。

因爲許久沒有拜訪代神村，他對路線不熟，反而將三人逐漸帶離了主要街道。

周圍建築物逐漸變得稀疏，大片田地在兩側展開，夏舒桐雖然察覺到景物的變化，但後方緊迫的狀況讓他完全沒有餘力折返原路。

雖然他們已經甩掉不少村人，可仍有部分依舊緊追不放，手裡甚至還拿著木棍、農具，僵硬麻木的神情襯得那一雙雙紅色眼睛更顯詭異。

夏舒桐不知道他們究竟跑了多久，呼吸早已變得凌亂不堪，胸口激烈起伏，但是誰也不敢放慢速度。

眼見前方有一片柳樹被晚風吹得沙沙作響，夏舒桐想也沒想，就帶著夏春秋衝進裡頭。

夏蘿雙手緊攬住父親的脖子，她用力咬著嘴唇，薄薄的冷汗已覆滿額頭，一張本就蒼白的小臉此刻更是毫無血色。但夏蘿卻一聲不吭，不願讓人察覺她的不適——事實上，打從她踏進廣場時，一陣讓人渾身不舒服的反胃感與頭痛更猛然襲來。

若不是此刻有父親抱著她，憑她的身體狀況根本逃不掉，或許早就被那些受人操控的村民們抓住了。

夏蘿閉上眼睛，將小臉蛋埋進父親的頸窩，試圖壓下那股讓她難受的不適。她可以聽見後方雜亂的腳步聲越來越接近，她可以聽到兄長與父親急促的呼吸聲在耳邊響起。

「爸，這裡是墓園！」夏春秋驚呼一聲，原本急匆匆的腳步頓時有些遲疑地慢了下來。

「繼續跑！」夏舒桐卻是催促兒子不要停下，兩道倉促的奔跑聲在安靜的墓園裡響起。

由於這邊栽種了許多柳樹，一時間，三人的身影也被那些長長的枝葉遮住。追趕而來的村民們失去目標，只能揮動著手中木棒，焦躁地展開搜索。

眼見終於獲得一絲喘息機會，夏舒桐放下夏蘿，示意兒子與女兒壓低身子，小心翼翼地沿著那些墓碑前進。

他們越走越裡面，四周也變得越加死寂。

這裡是死者的長眠之所，闖進來的夏舒桐與一雙兒女才是打擾的入侵者。只是，這樣的氣氛非但沒有讓三人放下心來，夏春秋甚至越發感到不安。

太安靜了，安靜到死寂的程度，連那些村民們的粗喘聲、腳步聲都聽不見了。

「爸，他們離開了嗎？」夏春秋輕扯了扯父親的衣角，以氣聲詢問。

此刻三人正躲在一座墓碑後，頭頂上層層疊疊的柳葉成了絕佳的遮蔽物。

夏舒桐搖搖頭，他謹慎地從墓碑上方看出去，一片幽黑，只能隱隱瞧見那些隨風擺動的枝葉。

夏蘿蜷縮在兄長身側，嬌小的身子輕輕發抖，卻不是因爲冷，而是廣場上發生的一切太過駭人。那些艷紅的血刺進眼裡，讓她打從心底感到害怕。

夏春秋察覺妹妹的異樣，連忙低頭瞧了瞧，卻發現妹妹小臉慘白得可怕。

「小蘿？」夏春秋心一驚，趕緊將她拉進懷裡，摸上她的額頭，掌心下傳來一片冰冷。

「爸，」夏春秋憂心忡忡地開口，「小蘿好像不舒服。」

「夏蘿沒……」眼見父親與兄長都投來關切的目光，夏蘿搖了搖頭，反射性就要說自己沒事，但最後一字還含在舌尖上，卻忽然聽到咕咚一聲。

在針落可聞的寂靜裡，任何聲音都清晰得有如雷響。夏舒桐立刻擋在一雙兒女前方，夏春秋則是緊緊將夏蘿護在懷裡，緊張地搜索起聲音傳來的方向。

咕咚、咕咚……彷彿有什麼滾動的聲音斷斷續續地傳來，夏舒桐屏住呼吸，不敢鬆懈半絲。

聲音越來越近，滾動的同時似乎也摩挲過草叢，依稀可以聽見沙沙的聲音響起。

夏舒桐捏緊拳頭，覷準聲音方向，就要起身一探究竟，但下一刻，詭異的滾動聲又忽地停止。

*怎麼回事？*夏春秋怔了怔，死寂在他們周遭蔓延開來，彷彿先前的提防是多此一舉。

但是，就在夏舒桐與夏春秋稍稍鬆緩了緊繃的神經時，咕咚的聲音再次傳來，有東西忽地滾出了草叢。

「你們有看到我的身體嗎？」乾啞的聲音這樣問道。

夏舒桐與夏春秋同時一悚，在月光映照下，他們可以看到滾出草叢的竟是老人的頭顱。

他乾癟的嘴唇張開，露出泛黃的牙齒，膚色青白青白，一雙眼睛泛著詭異紅光。

那模樣竟與被操控的村民們如此相似，除了它僅是一顆頭顱。

如果花忍冬此刻在場，他就可以認出，那張臉是村中守墓人阿祥伯的。

夏蘿也聽到這聲詢問，她從兄長懷裡抬起頭，幽黑的大眼睛猛地對上那雙詭異紅眼。

「啊！」夏蘿驚惶地倒吸一口氣，手指緊抓夏春秋的衣服。

「小蘿別看！」夏春秋忙不迭將妹妹重新按進懷裡，自己則是竭力壓抑發顫的手指。

「你們有看到我的身體嗎？」阿祥伯的頭顱再問一次。

「沒……沒看到……」夏舒桐不安地嚥了嚥口水，乾澀地開口。

「你們有看到我的身體嗎？」然而阿祥伯的頭顱就像是沒有聽到回答，咧開了嘴，吐出乾啞的聲音，但音量卻比前些時候大上幾分。

糟糕！夏舒桐心底一驚，立即反射性轉過頭，看看是否有誰朝這邊過來。

阿祥伯的聲音在安靜的墓園裡顯得異常大聲，只見一陣喀沙喀沙的聲音匆匆傳來，還伴隨著數道腳步聲。

「嘎嘎嘎……我看到我的身體了……」阿祥伯的頭顱忽地發出尖銳笑聲，嘴巴咧得大大的，如同要拉到耳際。

夏春秋、夏舒桐還未意識過來，一道破空聲猛地響起，朝他們三人所在位置襲來。

夏舒桐渾身寒毛豎起，想也不想就將夏春秋與夏蘿往一旁推去，用自己的身體護在兩人上方。

重物狠狠敲擊在背上的劇痛讓夏舒桐悶哼一聲，臉色發白，但他卻無心在意那股疼痛，迅速側過身體，在未知物體準備第二次揮下時，右腳重重踢出。

只聽一陣踉蹌的腳步聲響起，夏舒桐眼裡映出一具佝僂的身子正跌跌撞撞地向後退去。它手裡握著一把鏟子，但頸上卻是空空蕩蕩，沒有頭顱。

背部傳來火燒似的疼，夏舒桐咬牙吞下不適，趁那具無頭身體因爲自己那一踢而狼狽往後跌坐之際，連忙拉起夏春秋與夏蘿。

「春秋，小蘿就交給你照顧了。」夏舒桐也不管夏春秋正不敢置信地瞪大眼，只用力推著他的肩膀，要兩人盡速離去。

「爸！」夏春秋抗拒地搖著頭，說什麼都不肯丟下父親。

「不用擔心我。」夏舒桐深吸一口氣，強忍住背部疼痛，對著兒子與女兒露出溫和的微笑，「爸爸我啊，其實滿會打的。」

「可是……」夏春秋仍舊不肯移動腳步。

「一起走。」夏蘿也仰起無血色的小臉蛋，大大的眸子寫滿懇求。

「走不掉的！你們誰也走不掉的！」阿祥伯的頭顱發出古怪的笑聲，然後咕咚咕咚地滾至自己的身體旁。

夏舒桐好似沒有聽到那句如同不祥喪鐘的恫嚇，溫柔地看著夏春秋與夏蘿。

「春秋，聽話。你是哥哥，要保護好妹妹才行。」

他一邊說，一邊分神覷著後方，暗暗估算村人們與這邊的距離還剩多少。眼見那具無頭的身體已搖搖晃晃地站起來，他摸了摸夏春秋與夏蘿的頭，又推了一次夏春秋的肩膀。

夏春秋咬住下唇，低下頭，但很快地，就像是下定決心一般，猛然抬起頭，眼神堅定地直視父親。

「絕對要來找我跟小蘿。」

「當然。」夏舒桐微笑點頭，「你們快走。」

夏春秋一把抓住夏蘿的手，又看了父親一眼，隨即頭也不回地往另一邊跑開。夏蘿也緊緊回握住兄長，小嘴緊抿，努力地邁開雙腳往前跑。

眼見一雙兒女消失在視線範圍，身影逐漸讓黑夜吞沒，夏舒桐這才轉過身，看著手握鐮子的身體正搖搖晃晃地朝自己走來。

這個時候，那些手持農具、木棍的村人也追了上來。他們表情僵硬麻木，暗紅的眼睛滿是猙獰，就像是失去理智的野獸一般。

瞧著飛快將自己包圍起來的村人，夏舒桐臉上的微笑已轉爲苦笑。雖然他信誓旦旦地答應了夏春秋的要求，但實際上，他的背部仍舊疼痛不堪，稍微動一下，受傷的部位就會發出悲鳴。

「對不起啊，小夏、小蘿……」夏舒桐歉疚地低語，「爸爸最不擅長的，就是打架。」

他深呼吸一口氣，義無反顧地朝其中一名村人撞去，將對方撞得後退數步，趁著這個空檔，他一個箭步從那道空隙衝出去，卻是跑向與夏春秋、夏蘿截然不同的方向，顯然打定主意要將這些人全部引走。

□

黑夜下，廣場上的篝火明顯遭到外力推撞，部分傾倒在地。木柴從裡面滾了出來，火焰繼續在上面燃燒，冒出裊裊白煙，偶爾噴濺出一些火星子。

那種接近於爆裂的聲響，或許是此刻最大的聲音了。

原本還擠滿人的廣場上，現在幾乎了無人煙，僅剩幾抹身影還留著。

而用帆布與木頭搭建的舞台上，則是橫倒著謝海山的身體——他的頭顱滾落在一旁，暗紅的鮮血已經逐漸乾涸。

又是一聲爆裂聲響起，橘紅色的火星從火堆裡噴濺出來，但佇立在廣場未走的兩抹人影都沒有回頭看。

左容和左易各踞廣場一角，手裡拿著撥弄篝火木頭用的長棍當作武器，他們剛剛用這個擊倒不少村民。

這一刻，他們倆看似沒有動作，但手指、手臂甚至全身的肌肉都是緊繃著的，臉上沒有流露出太多表情，唯有眼睛是冷澈的。

篝火燒得越旺盛，這對姊弟的眼神似乎就越冷。

他們在看著怪物。

偌大的廣場上，確確實實待著一隻怪物。

碩圓的後體部、八隻細長的足肢，單從這些部分來看，就是一隻比人還要高上一些的巨大蜘蛛。然而連接在那蜘蛛身上的，卻是屬於女性的上半身！

女人皮膚潔白細膩，大波浪狀的鬈髮披散，一雙眼睛染著猩紅，紅得就像那些舞台上屍體流出來的血。

明艷的女人上半身和醜陋的蜘蛛身體，兩者組合起來，形成一幅異常恐怖的景象。

「你們這樣做，是想攔住我？」

蛛女開口了，聲音似乎染著一股妖艷之色，臉上掛著一抹歪斜笑容。

「別笑死人了！」

嫵媚的聲音猛然轉成猙獰和冷酷，一隻足肢猝不及防地朝著左容的方向刺去，同時身體一偏，後體部尾端的絲疣則是噴出一束白絲。

一直緊盯蛛女舉動的兩人自然不會來不及防禦。

見鋒利的足肢刺來，左容迅速朝旁閃避，她動作矯捷，幾個跨步瞬間就跑離了對方攻擊範圍。失去目標的足肢落空地砸在地面上，堅硬的水泥頓時被刺穿，大小水泥塊飛起。

另一旁的左易亦避開了白絲的攻擊，在他身後的篝火反倒變成靶子，砰咚一聲倒下，火焰和木頭一併掉落一地。

左易瞥了下沾著火的一根木頭，再望向自己手裡拿的長棍，最後掃向蛛女看似堅硬的身體。不到幾秒他便決定扔開手裡原本的武器，抓起一根前端還燃著火的木頭，三步併作兩步地衝向蛛女，燃著火焰的木頭毫不猶豫地就往龐大的蛛身戳擊下去。

蛛女發出高笑，身體隨著笑聲微微震動，「沒用的，你們眞以爲可以打倒我嗎？」

左易啐了一聲，對方被自己攻擊的部位完全沒有傷口。他扔下派不上用場的木頭，飛快退開。

蛛女還在愉悅大笑，可就在下一秒，她的眼角捕捉到有陰影掠過，反射性一轉頭，卻沒想到當面又迎來一擊。

左容不知何時已藉著她的一隻足肢當作踏墊，動作俐落地躍上半空，長棍對著她的臉狠狠揮下。

左容那一擊絲毫沒有放輕力道，並未因爲那是一張女人的臉就手下留情。

蛛女被那一擊打得頭暈眼花，疼痛讓她的喉嚨迸出尖銳的尖叫。她的身體雖然堅硬，不怕一般的攻擊，但不代表她的臉也是。

蛛女雙眼閃動著憤怒的光芒，她瞪視著會合在一處的左氏姊弟，腦海內只剩下要將這兩隻惹人厭的小蟲碎屍萬段的念頭。

蛛女再次張開嘴巴，淡薄的青煙從她口中吐出，緊接著地面多處竟也開始冒出青煙。多股青煙瀰漫在廣場上，一隻隻小蜘蛛隨著青煙出現。

說是小，其實只是相對蛛女而言。事實上，那些蜘蛛的體型起碼將近一隻幼犬大。隨著青煙出現的蜘蛛眼冒紅光，迅速移動牠們的腳，全部朝著左容和左易擁去。

左容踢起一隻離她最近的蜘蛛，在那隻蜘蛛飛起之際，還抓在手裡的長棍迅雷不及掩耳地用力戳刺下去。

她的力道又狠又猛，那隻蜘蛛當場被刺了個對穿，身體抽搐，青色血液從傷口處汩汩湧出。

左易手邊一時沒有武器，他直接抬腳碾下，鞋底下傳出的噗滋聲讓他嫌惡地皺起眉，那些綠色液體更是讓他罵了句髒話。

但其餘蜘蛛不會因爲同伴的死就停下動作，牠們前仆後繼地擁向獵物。與此同時，廣場各處還升冒著一股股青煙。

左易看了下左容，兩人就像在這一刹那間達成某種無聲的默契。

隨即少年和少女乍然分頭跑開。

見獵物分散，小蜘蛛們很快地也散成兩個方向，各自追著左容和左易而去。

蛛女目睹了這一幕，她的紅唇彎出微笑，在漫漫青煙中也有了動作。

左容挑的方向是右邊，她需要更鋒利的武器，這種時候赤手空拳顯然派不上什麼用場。

綁著高馬尾的俊麗少女一腳踹開一戶屋子的大門——也許是因爲緊鄰廣場，大門才沒有上鎖。

她飛快掃視屋內一圈，目光立刻鎖定置放在牆邊的鋤頭。應該沉甸甸的農具，卻是讓她輕易地握在手裡。

雖然已獲得一個強力的攻擊武器，但左容不滿足於此，她又奔向廚房，在流理台上物色到一柄輕薄的水果刀。

將帶鞘的水果刀塞進牛仔褲的口袋，左容準備折返回前面大門，可沒想到一回身，面對的就是數十隻擁入廚房的小蜘蛛。

那些蜘蛛互相推擠，擁聚成一團，廚房地面頓時被牠們密密麻麻地佔滿了，那情景說有多駭人就有多駭人。

倘若換成尋常女孩見到這般情景，只怕會嚇得當場臉色發白，尖叫出聲。

左容卻是神情冷靜到了冷酷，第一時間想的是用鋤頭砸爛面前的小蜘蛛。不過當她望見廚房門外又沙沙沙地擁進來一批後，瞬間改變主意。

她跑進的地方是廚房，而廚房裡往往有許多便利又危險的工具。

左容退向流理台，背部抵著，一手飛快抓下擺在置物架上的高粱酒，另一手轉開瓦斯爐的開關。

眾多小蜘蛛逼上來之前，左容一氣呵成地完成一連串動作——她將高粱酒潑向蜘蛛群中央，同時隨便抓了個東西，引出瓦斯爐上的火焰。

當火焰墜落到蜘蛛群中，登時一發不可收拾地引起大火。眨眼間，數十隻蜘蛛全著了火，牠們在火焰中翻滾，發出尖利的聲音。

左容關掉瓦斯爐，沒有再看那群著火的小蜘蛛，抓起鋤頭，快步從廚房後門離開。

後門剛開啓，左容就聽見一陣震耳欲聾的聲響，像是有什麼倒塌了。

少女眼神微變，馬上循著聲音的方向望去，映入眼中的竟是蛛女揮足攻擊一戶民宅的畫面。

牆壁承受不了外力的施壓，嘩啦嘩啦地崩碎下來。

在瀰漫的塵灰中，一抹人影在蛛女再次揮下足肢的剎那間，驚險萬分地竄了出來，那頭顯眼的紅髮彰示出對方的身分。

是左易！

左易顯然也是打著和左容相同的主意，雖然差點被水泥碎塊壓住，但他手裡也抓了一支犁耙。

瞄見出現在屋外的紅髮身影，蛛女就知道自己的攻勢落了空。但她也不惱，血眸裡閃動惡毒的笑，最前端的一隻足肢猛然向左易再次刺去。

蜘蛛可是有八隻腳。

也幸虧左易眼明手快，及時用犁耙擋住那隻堅硬銳利的腳，否則只怕身體當場就要被穿了一個窟窿。

蛛女力氣異常強大，一寸一寸地向下壓了下去。

左易臉孔緊繃，嘴唇死死地抿住，抓著犁耙的指關節因爲施勁而泛白。

左容飛奔過去，鋤頭快狠準地揮砍向那隻抵在犁耙上的足肢，只不過卻是落了空。

蛛女像是早有預防地抽回足肢，這次她搶得了先機，再次口吐青煙。

左容、左易兩人腳邊又冒出多隻幼犬大小的紅眼蜘蛛。

在兩人不得不先對抗小蜘蛛的時候，蛛女轉動了她碩大的後體部，大量白絲轉瞬間自絲疣裡噴出，纏縛上左容與左易的手腳。

強韌的蛛絲立時制住姊弟倆的行動。

第七章

林綾與花忍冬在月色下匆促奔走，兩人的影子落在身後，被拉得長長的。他們的步伐沒有絲毫停頓，毫不猶豫地朝目的地趕去。

很快地，被籬笆包圍著的兩層建築物逐漸出現在前方，花忍冬與林綾連氣都沒有喘一下，以最快速度衝進院子裡，三步併作兩步地來到古井前。

「小葉、小葉！」花忍冬雙手撐在井邊，彎下身朝內喊道。井裡很黑，他一時看不清楚是否有人，只能以詢問做判斷。

短暫的寂靜之後，葉心恬顫抖與不敢置信的嗓音從裡頭傳了出來。

「花花？」

聲音響起之際，白色光芒同時亮起，這讓花忍冬可以清楚看見葉心恬。

「小葉，妳再等一下，我跟花花去找繩子來救妳。」林綾柔聲安撫。

「好。」葉心恬用力點頭，右手緊握手機，一顆不安的心終於在此時落回原位。

雖然不是沒有想過一人留在井邊、一人去找繩子，但兩人去找一定比一個人翻箱倒櫃來得快，所以林綾才做出這個決定。

幸運的是，花忍冬在儲藏室翻找時，發現了一綑粗麻繩。他大略估算了下長度，應該足以垂放至井底。

「林綾，人家找到了！」花忍冬退出儲藏室，手裡拿著繩子，一邊跑，一邊高聲喊道。

負責二樓的林綾連忙停下翻找的動作，急急忙忙下樓，很快就與花忍冬在客廳會合，然後兩人再次趕回古井前。

「小葉，妳抓住繩子，人家把妳拉起來。」花忍冬向井裡喊道。

「我沒辦法……」葉心恬無措地搖搖頭，「我不知道怎麼回事，醒來後全身又痠又痛，手也沒有力氣……」

「林綾，妳留在這裡，人家下去把小葉帶上來。」花忍冬當機立斷地攬下入井的工作。

林綾點點頭，接過繩子往前走，動作俐落地將繩子一端纏繞在半公尺遠的樹幹上，打了一個死結，接著又將繩子另一端拋給花忍冬。

「花花，測一下長度。」

花忍冬依言將繩子扔進井裡，同時彎身朝裡頭望去，大聲問道：「小葉，繩子夠長嗎？有碰到地面嗎？」

「有！」葉心恬也同樣提高音量回應，聲音明顯可以聽出鬆了一口氣的感覺。

「那麼，小葉妳退到旁邊去，人家要下去了。」花忍冬雙手抓住繩子，靈巧地爬上古井邊緣，就要進入井中，但林綾卻突然出聲喊住他。

「花花，等一下。」

花忍冬疑惑地轉過頭，看見林綾扯下自己的衣襬，將那塊布又撕成兩條，在花忍冬困惑的注視下，將兩條布分別纏上他的掌心。

「這樣比較不會被繩子磨傷。」林綾柔聲解釋，一雙似水的眸子彎起，像極了懸掛在夜空的弦月。

花忍冬只覺心頭暖暖的，他低頭看著被布條包住的手掌，隨即抬起眼，想要說些什麼，卻礙於現在時機不對，匆匆拋下一句「妳要注意安全」，便雙手抓住繩子往井裡滑了下去。

見花忍冬穩穩落至井底，林綾這才收回視線，轉過身背對古井，正面朝向院子大門。卻沒有料到，在她回身的瞬間，竟看到綁上繩子的樹木旁不知何時出現了椿的身影。有著暗紫左眼、右眼開出紅山茶的少女輕揚起唇角，笑得妖嬈。接著，從她身後又探出了四顆小腦袋。

那是綁著包包頭的小茹、紮著兩條麻花辮的玲玲、戴著眼鏡的小俊、理著平頭的阿信。他們的眼睛都沾著不祥的紅光，四張稚氣的小臉蛋同時向林綾露出歪斜笑容。

林綾注意到小茹手裡握著一把剪刀，刀刃正貼在繩子旁，一臉躍躍欲試地想要剪下去。

「把剪刀放下。」林綾神色一凜，一向柔軟的嗓音褪了溫度，像是冬日河水般冷澈。

「好啊。」椿的聲音甜美似蜜，卻又帶著一絲輕靈。她摸了摸小茹的頭，綁著包包頭的小女孩頓時乖順地放下剪刀。

椿的態度乾脆，林綾心底的警報卻越響越大聲：眼前的少女很危險！

「我答應了妳的要求，現在，輪到妳完成我的願望了。」椿柔聲說道，「過來這邊。」

林綾瞥了眼後方的古井，從裡頭傳出的聲音判斷花忍冬似乎正準備將葉心恬揹起來。絕對不能讓繩子被剪斷。林綾抿著唇，依照椿的要求一步步離開井邊，來到她的身前。

「說出妳的條件吧。」林綾沉著地與妖艷的紫眸對上視線。

「我的要求很簡單，不許反抗、不許逃跑。」椿笑吟吟地說，掌心平攤，裡頭赫然是先前握在小茹手裡的剪刀，「只要違反其中一項，我就會剪斷繩子。」

「好。」林綾毫無遲疑地應允下來。

就在這字落下同時，只見小茹、玲玲、阿信、小俊忽地發出一聲悲鳴，他們如同承受什麼痛苦般跪倒在地，小手緊抓衣領，後背卻是不斷隆起，但再仔細一看，就會發現他們的衣服並沒有被撐裂，隆起的僅僅是一團黑沉沉的東西，造成了有東西破體而出的錯覺。

下一秒，只見那團黑影完全剝離孩子的背，逐漸舒展開來，裡頭伸出了八隻細長足肢。

赫然是四隻有著暗紅眼睛、半公尺大小的蜘蛛！

牠們口器旁的兩根觸肢晃了晃，接著迅雷不及掩耳地衝向林綾。

「不許反抗、不許逃跑。」椿眼神愉悅，嗓音溫柔，「這是對於妳擅動我東西的懲罰。」

擅動？東西？林綾心思細膩，立即從關鍵字聯想到她數日前的某項舉動。那朵山茶花！

但是，她也僅能思考而已。因爲四隻大蜘蛛已經飛速朝她奔來，其中一隻忽地彈跳而起，撲上她的胸前，強烈的撞擊力道讓林綾驟然失去平衡，狼狽地被壓制在地。

然後，第二隻、第三隻、第四隻蜘蛛也爬上林綾的身體。牠們將尖牙刺進皮膚，慢慢地注入毒液。林綾瞳孔收縮，身子彈跳了下，卻還是遵守著承諾，沒有做出任何反抗。

「別擔心，妳只要忍耐到忍冬上來就好。」

椿優雅的嗓音飄散在夜色裡，像首悅耳的歌。

「不過我想，那時候妳的靈魂與身體也被破壞得差不多了。人偶就該有人偶的樣子，別妄圖打壞我的計畫。我啊，等這場祭典可是等了十三年呢。」

椿歡快地笑了起來，瞇起如同鬼火淒艷的紫眸，陶醉於眼前的畫面。

月光下，林綾如同破敗的布娃娃，任憑四隻蜘蛛盤踞在她身上，感覺到自己的內臟正逐漸被毒素溶解……

當花忍冬揹著葉心恬從井裡爬出來時，映入眼底的是一幕讓人悚然心驚的畫面。

綁著長辮子的少女毫無反抗地被四隻大蜘蛛覆在身上，嗆重的血腥味讓人窒息。

「林綾——！」花忍冬瞳孔一縮，顧不得葉心恬是否已經順利落地，一個箭步衝去，他甚至無暇去注意樹木旁邊倒了四個孩子。

不知不覺間，椿的身影已然消失無蹤。

「滾開！」花忍冬大聲咆哮，一雙細長的狐狸眼燃起怒火，猙獰可怖的神情宛如一頭暴怒的野獸。他一把抓住林綾腹部上的蜘蛛，粗暴地扯斷牠的八根足肢。

淒厲的嘶鳴劃破黑夜，引得另外三隻蜘蛛轉移目標，迸發紅光的眼睛緊鎖花忍冬不放。

葉心恬也瞧見倒在地上的林綾，還有覆在她身體上的三隻蜘蛛，而那雙充滿古典東方味道的眸子看向自己時，竟然流露出安心的神情。

「林綾！」葉心恬駭然尖叫起來，她不管那些蜘蛛多麼恐怖詭異，也不管自己的身體是如何疼痛，跌跌撞撞地跑向林綾。

「走開！不許碰林綾！」葉心恬忘記自己對蜘蛛的恐懼，雙手用力抓著其中一隻蜘蛛的足肢，死拖活拉地將牠扯離林綾的身體。

「小葉，鬆手！」

雖然不知道花忍冬爲何這樣說，但葉心恬還是依言放開手。就在這瞬間，花忍冬一腳重重落下，踩破了蜘蛛的後體部，青色體液噴濺而出。只見那隻蜘蛛發出一聲淒嘯，掙扎抽搐了幾下，就不再動彈了。

花忍冬難得一見的狠辣，讓葉心恬怔怔地張著嘴，卻一句話都擠不出來。因爲她看到另外兩隻蜘蛛已經被花忍冬捏碎頭部，甩離了林綾的身體。

明明是如此秀氣的少年，但眼神卻銳利如刃，只是短短的時間，四隻蜘蛛都已變得殘破不堪。綠色體液濺了花忍冬滿手，襯著他衣服上的大片暗紅，怵目驚心。

直到這時候，葉心恬才注意到花忍冬的衣服沾著一片不自然的紅。發生什麼事了？這個疑問僅僅輕擦過腦海，隨即便被林綾的安危所取代。

她心慌地趕至林綾身邊，卻驚恐地發現她的胸口與腹部就像被某種液體溶解，凹陷下去的地方甚至可以看到被蜘蛛吸食了一部分器官。大量鮮血從裡頭滲了出來，很快就沾濕林綾的衣服、肌膚，在身下匯聚成一灘紅色水窪。

「沒關係的……」明明是如此可怖的傷口，林綾卻是一聲痛都沒喊，褪去血色的嘴唇習慣性地對兩人彎起，想要安撫他們。

「林綾……林綾……」葉心恬手足無措地想要替林綾止血，卻又不知該從何下手，急得眼淚都掉了出來。

花忍冬的視界早已被淚水模糊，他跪在林綾身邊，手指用力捏起。就算擁有一身怪力，就算可以將那些蜘蛛殺死，他仍舊如此無力，連保護自己最重要的人都做不到。

「別哭，小葉、花花……」林綾想要抹去兩人的眼淚，但身體實在太過虛弱，竟連一根手指都無法抬起。

對於自己身體機能快速衰竭，她不禁自嘲地笑了笑，但這抹笑映入花忍冬與葉心恬眼底，更讓他們心慌。

「別這樣笑，林綾。」花忍冬緊緊抓住林綾的手，哀聲懇求，「不要露出那種無所謂的表情……妳答應過人家的，咱們以後要一起去海邊、去山上，去看許許多多的風景……」

「我沒有忘記……」林綾的眼神柔軟得彷彿要滴出水來，「相信我，花花，我不會就這樣丟下你們的……」

「可是、可是……」葉心恬哽咽地擠出聲音。她想要像往常一樣相信林綾所說的每件事，但當一個人的五臟六腑被溶解大半的時候，她該如何相信對方會活下來？

林綾忽地咳了咳，然而這輕微的咳嗽卻帶動傷勢，暗紅的鮮血頓時從喉嚨湧了上來，溢出嘴角。

花忍冬看得膽戰心驚，他焦灼地想要擦掉林綾唇邊的血，卻發現自己的手指滿是髒污。葉心恬連忙從口袋裡掏出手帕，小心翼翼地擦掉那些血。

「把我……送進屋子裡……」林綾一字一字地說，這短短的幾個字彷彿已用盡她的力氣，秀麗的臉孔蒼白得可怕。

「好。」只要是林綾的要求，花忍冬從來不會拒絕。他小心翼翼地抱起林綾，深怕力道大了一點，就會讓林綾受到顛簸。

葉心恬胡亂抹去臉上的淚水，亦步亦趨地跟著花忍冬走進屋裡。安靜的客廳裡，只聽得見林綾虛弱的呼吸，以及葉心恬與花忍冬竭力想要忍住卻依舊逸了出來的哽咽聲，襯得夜晚如此蕭瑟。

花忍冬慢慢將林綾放至沙發上，他用力咬住嘴唇，就算咬得唇瓣出血，讓嘴巴充斥著鐵鏽味也不在乎。

林綾身上可怖的傷口灼痛了他的眼，多注視一秒，他的心臟就會被無形的手捏得更緊。

葉心恬吸了吸鼻子，手忙腳亂地脫下外套蓋在林綾身上。即使明知這樣做也徒勞無功，林綾的傷勢並不會有任何好轉，她就是不希望讓那些傷口繼續曝露在外。

月光從窗外斜斜射入，襯得林綾蒼白得如同一具屍體。這個想法讓葉心恬與花忍冬一驚，恐慌與絕望就像是荊棘一般瘋狂生長。

「林綾，現在、現在要怎麼辦？」葉心恬哭紅了眼，跪在林綾身邊，緊抓著她的手不放，「我們要怎麼做才能救妳？」

「聽我說……小葉、花花……」林綾神情平靜，彷彿感覺不到疼痛，斷斷續續地說道，「你們先把分散的其他人找出來……然後……再回來這裡接我……」

「人家不要！」花忍冬神色激動地大喊，「怎麼可以放妳一個人在這裡！」

「花花……你想救我吧……」林綾虛弱地開口，在看到花忍冬用力點頭後，那雙秀雅的眸子湧出嚴肅，「那就聽我的話……找到小夏他們……這樣，我們才有機會離開村子……」

葉心恬張著嘴，想要反駁這個看似荒謬的提議。她甚至想過要打電話回家求救，然而父母遠在國外，就算眞的派誰趕過來，也根本來不及。

「離開……村子後……把我送回黑岩村……交給我的父親……那麼，我或許有機會活下來……」林綾吃力地說道，嚴重的傷勢讓她每一句話都說得艱難無比。

她又咳了一聲，硬生生地嚥回衝上喉頭的腥甜，視線慢慢掃過花忍冬與葉心恬，聲音緩慢卻溫和。

「別擔心我……快點將小夏他們找出來……越快找到他們……我們離開村子的機率……越大……」

就是這句話讓葉心恬與花忍冬終於壓下心裡的抗拒，兩人深深看了林綾一眼，迎上她溫柔的眼神後，他們咬了咬牙，強迫自己離開這棟屋子。

咿呀——大門被花忍冬反手關上，客廳裡只剩下林綾一人了。

「神明大人……」林綾閉上眼睛，呼喊著原本並不相信的神，「如果……祢眞的存在的話……請祢……保佑他們平安……」

當最後一字散逸在空氣中，林綾就像失去了所有力氣，右手緩緩從沙發邊垂下……

第八章

夏春秋緊緊牽著夏蘿的手，倉皇急奔的腳步聲在月夜下顯得格外清晰。一大一小身影後方不遠處，卻是有十數個村民緊追不捨。那發著紅光的眼睛如此不祥、如此猙獰，就像是失去理智的野獸，瘋狂地追捕獵物。

不知是有心還是無心，那些村民呈扇形地包圍而上，通往槐山的道路竟成了唯一的奔逃方向。

夏春秋邊跑邊回頭，他呼吸急促，肺部像是要爆炸似的，長時間的奔跑讓他的體力快要耗到極限。

夏蘿的情況也差不多，即使先前讓父親抱著逃跑，但對一個十歲的小女孩來說，這一路的奔波已是她的極限。單薄的小胸膛快速起伏，狼狽的喘氣聲彷彿成了耳邊唯一能聽見的聲音。

夏春秋緊握住妹妹的那隻手已經滲出汗水，有幾次差點滑脫，但很快又握了回去，兩人一前一後地跑上通往槐山的石板小路。

前半段的路程幽暗無光，只有淡銀的月光由葉隙灑落，爲他們提供微弱的照明。

由於槐山地勢是緩慢往上攀升的，夏家兄妹的步伐在不知不覺中慢了下來，夏蘿甚至已經快要跟不上兄長了。她的雙腳又沉又重，被夏春秋握在掌心裡的小手終於滑了出來，整個人難受地跌跪在石板上。

夏春秋一驚，忙不迭趕回妹妹身邊，卻在向下一望時，發現那些眼露紅光的村民們就停在距離他們約十公尺之處，沒有前進，卻也沒有散去的打算。

這詭異狀況讓夏春秋惴惴不安，他一把扶起夏蘿，小心翼翼地覷著後方，同時低聲問道，「哥哥抱妳走好不好？」

「夏蘿只是……有點暈而已……」夏蘿搖搖頭，不願再增加兄長的負擔，強迫自己撐起膝蓋。

夏春秋緊抿著唇，攬住妹妹的肩膀，護著她往上走了幾步，又警戒地再回頭望去。奇異的是，村民們就像是毫無反應，站在原地不動。

「哥哥？」夏蘿不安地靠著兄長，輕輕喚了一聲。

上面有什麼讓他們害怕的東西嗎？這個念頭驟然閃過夏春秋的腦海，下一秒，他忽地想到被村人們尊爲神明的古老槐樹。該不會……

雖然不知道自己的猜測是否正確，不過現在下山道路被封堵住，夏春秋別無選擇，只能牽著妹妹的手繼續往上走。

少了充滿壓迫感的追捕，夏春秋與夏蘿的呼吸雖然仍顯凌亂急促，但至少有時間慢慢調整過來。兩人小心謹慎地走在階梯上，當他們來到槐山中段時，小道兩邊的槐樹上便開始出現一盞盞被點亮的紅燈籠。

那是懸槐祭的傳統，是爲了替神明大人照亮通往山下的小路。

只是這個時候，夏家兄妹全無心情欣賞掛在槐樹上的紅燈籠，他們緊握彼此的手，藉由紅光的照耀一步步往前走。

只是當他們又走了一小段路，卻注意到投射在地面的暗紅光暈的間隔似乎沒有那麼密集了，變得稀稀疏疏。

甚至，他們還聽見了滴滴答答的水聲。

下雨了嗎？絲毫沒有感受到濕意的夏春秋詫異地抬起頭，卻在仰首看向上方的時候，一雙眼睛驚駭瞠大，倒吸一口冷氣地瞪著那些槐樹。

更正確一點的說法，是瞪著懸掛在槐樹下方的東西。

恐懼所造成的尖叫反射性就要衝出喉嚨，但一想到夏蘿就在身邊，夏春秋慌張地用空著的那隻手緊緊捂住嘴巴，將聲音逼了回去，只是牙齒卻還是控制不住地打著顫，覺得血液瞬間被抽光，冷得渾身發抖。

在夏春秋的視線裡，依舊映出了被風吹得微微晃動的紅燈籠，以及同樣被黃絲帶懸掛在槐樹下的頭顱。

那些臉孔是夏春秋見過或陌生的，然而卻無一例外都是表情僵硬，皮膚泛出了可怕的青白色。它們懸在半空中，就像是燈籠一般輕輕地晃呀晃的。

過度的驚駭讓夏春秋一口氣哽在胸口，只覺得快要窒息。他拚命張嘴呼吸，想要藉由這個動作讓自己鎮定下來，然而嗆入肺部的血腥氣息卻讓他越發難受，成效並不大。

夏蘿發現兄長的手掌驟然變得冰冷，不解地抬起頭，一顆顆的頭顱也猛地撞進她的眼裡，她忍不住發出破碎的悲鳴聲。

「小蘿不要看！」夏春秋顧不得心中的恐懼，將夏蘿的小臉壓進懷裡，阻隔那讓人駭恐至極的畫面。

是誰砍下那些人的頭顱？是誰將他們吊至槐樹上？

夏春秋緊擁著妹妹，冷汗如同開了閘的瀑布。光是與一雙雙無神的眼睛對上視線，就讓他膝蓋發軟，險些癱坐在地；但身為哥哥的責任感卻讓他強撐住，說什麼都要保護好夏蘿。

夏春秋又深呼吸一口氣，嗆鼻的血腥味讓他反胃欲嘔，他咬住下唇，壓下反胃的不適感，命令自己低下頭，不要再看向那些懸掛在槐樹下的頭顱。

在燈籠紅光的映照下，那一張張面孔看起來像是沾著血似的。

「小蘿低下頭，不要往上看。」夏春秋鬆開妹妹的身體，但一隻手仍抓著她發顫的小手不放，「我們繼續往前走。」

夏蘿輕輕點點頭，長長的睫毛垂下，看著地上一灘灘暗紅。

「怎麼可以低下頭呢？」

有誰的聲音輕笑著說道，空靈悅耳的聲音滑進了晚風中，搔刮著兩人的聽覺神經。

「是誰？」夏春秋慌張地四處張望，甚至強壓著害怕，看向槐樹上方，卻搜尋不到說話的人。

那聲音並未回答夏春秋的問題，又發出了咯咯笑聲，柔軟歡快。

夏蘿也聽到聲音，她不安地縮在兄長身邊，細白的牙齒緊咬住嘴唇，顫顫地抬起眼。帶著笑意的嗓音很熟悉，就好像、就好像……

「芊凝姊姊？」夏蘿遲疑地吐出四個字。

夏春秋一怔，但正如夏蘿所說，聲音的確與宮芊凝極為相像。

「芊凝姊，妳為什麼要這樣做？」夏春秋環視周遭，從牙關裡擠出發顫的質問。

「我的名字是椿。」又有誰說話了，卻是一道沙啞的蒼老聲音。

夏春秋與夏蘿同時循著聲音的方向看去，卻駭然發現那竟是垂在第一個燈籠旁的老人頭顱在說話。乾癟的嘴唇蠕動著，但他的臉孔卻毫無表情。

「我住在最靠近神明，卻也不會被神明注意的地方。」

第二顆頭顱擁有一張中年女性的臉孔，她平板地說出第二句話，一雙無神的眼睛亮起了詭異紅光。

夏春秋一悚，連忙抓著夏蘿的手往前跑，但懸掛在兩側槐樹下的頭顱卻一聲接一聲地開口，聲音或低或高、或蒼老或稚氣，卻都透著死氣沉沉。

「我看著懸槐祭一年一年地舉辦。」

「如此無趣又乏味。」

「那些紅色燈籠真是，礙眼。」

頭顱們彷彿同時被晚風吹動起來，輕輕晃了晃，視線竟全投往夏春秋與夏蘿奔跑的方向。話語一聲比一聲快，就像是洶湧拍上礁岩的海浪。

「對了，你們知道嗎？」

「代神村的神明，十七年前就離開了村子。」

「那棵樹沒有了靈魂，只剩下，力量。」

「我想要獲得那些力量。」

「這樣我可以變得更強。」

「也可以將無聊的懸槐祭變得更有趣。」

「可是神明阻止了我。」

「她封住我的力量。」

「不過我也詛咒了她。」

「十年內，她必定衰竭而死。」

夏春秋隱隱覺得有什麼線索閃過腦海，快得讓他抓不住。

「幸好，我在槐山遇到了宮芊凝。」

突然出現的人名讓夏春秋一驚，他愕然抬起頭，卻對上一雙雙帶著譏嘲的紅色眼睛，沒有血色的乾裂嘴唇繼續吐出話語。

「幾歲？」

「六歲。」

「天眞的人類小女孩，不懂得懷疑別人。」

「以爲我是童話故事裡的妖精。」

「一個簡單的蠱惑就讓我住進她的身體裡。」

「眞是蠢得可愛。」

「她還相信了在後院種下楊樹可以帶來好運的傻話。」

夏蘿想起花家後院的一排楊樹，那些在夜晚被風吹動時會發出拍手聲的樹木如此不祥。

「楊樹啊，其實會聚集陰氣。」

「適合魍魎魑魅居住。」

古怪的笑聲紛紛從頭顱們的嘴裡傳出來，聲音越漸高亢，像是刀子割裂了夜空。

「所以我將被神明斬斷翅膀的姑獲鳥帶到那邊。」

「讓她慢慢休養。」

「可惜她最後還是死了。」

夏春秋與夏蘿倉皇奔跑，每一步都沉重得像是要從沼澤裡拔起腳，艱辛費力，兩人的呼吸再次急促起來。

「長大的芊凝很美。」

「但她竟意外跌下山，摔斷了自己的腿。」

「不過這樣也好。」

「渴望雙腳恢復行動能力的她，終於自願與我訂下契約。」

頭顱的乾枯笑聲宛如夜梟在叫，扎得讓人耳膜刺痛，那些叨叨絮語仍舊一波掀起一波。

「只要在生命終結時將靈魂獻給我，我就會治好她的腳。」

「聽起來很划算吧。」

「可愛的芊凝相信了我的話。」

「那當然是騙人的。」

「我用她的靈魂當作養分，解開了那可憎的封印。」

一瞬間，所有頭顱都咧開了嘴唇，高亢的尖笑重疊在一起。

「那些失蹤的孩子到哪裡去了？」

「他們不會再回來了。」

「因爲，我吃了他們的心臟。」

這句話驟然釘住夏春秋與夏蘿的腳步，兩人不敢置信地抬起頭，方才的嗓音輕靈又悅耳，與頭顱們發出的乾枯聲音截然不同。

就在距離他們數公尺的石階上，娉婷立著一抹身影，那是有著宮芊凝外表的椿，右眼的山茶花紅得似血，暗紫的左眼妖嬈眯起，愉悅又殘酷地俯視著夏家兄妹。

「知道我爲什麼討厭妳嗎，小蘿？」她往下走了一步，「妳的眼神，讓我覺得熟悉又厭惡。虧我當初讓玲玲那幾個孩子帶妳去槐山，他們竟然沒有將妳埋起來。」

一股戰慄猛地爬上夏春秋的背脊，心底的警鐘瘋狂敲起。

他迅速向後方看去，想要尋找逃脫的道路，卻沒想到原本停在下方毫無動靜的村民舉著手中的農具、木棒，不知何時已悄悄接近他們，雙方的距離近得只剩下一公尺。

一隻手臂猝然朝夏春秋抓來，扯住他的衣服。夏蘿一回頭就撞見後方的異況，不由得驚叫一聲，連忙伸手想要將對方推開。

眼見椿正笑盈盈地朝他們走來，那些眼露紅光的村民也越來越近，被其中一人抓住衣服的夏春秋驚慌地想要推開對方，或許是驚恐過度造成了腎上腺素激增，他竟爆發了比平時還要大的力道，硬生生將那人推撞在地。

夏春秋立即拽緊妹妹的手，扯著她衝進一旁的林子裡。他沒有注意到，方才的推拉讓口袋裡的東西滑了出來。

椿慢慢走到夏春秋先前所站位置，隨即唇角越揚越高，撿起了對方掉在石板上的手機。

「去把他們找出來。」椿漫不經心地看了膚色青白、毫無人氣的村民們一眼，接著她的視線重新移回手機上，暗紫色的眸子愉悅地瞇起。

她打開手機裡的通訊錄，撥打其中一人的號碼，然後將手機貼在耳邊，柔軟的嘴唇竟吐出屬於夏春秋的怯弱嗓音。

「左容嗎……我在槐山……」

□

夜幕低垂，懸掛著無數紅燈籠的村子本應熱鬧非凡、人聲鼎沸，但此刻卻是死一般的寂靜，只有蕭瑟的晚風吹拂過。

無人的街道就像不明怪物的長長腹腔，兩側的屋宅給人莫名的壓迫感。但在小巷與小巷的陰影中，卻忽然探出一張臉孔，赫然是先前已離開的夏舒桐。

自從在墓園與一雙兒女分開後，爲了避免那些村人將目標放在夏蘿與夏春秋身上，夏舒桐以自己爲餌，將自己曝露在危險下，把村人重新引回村子裡。

雖然對代神村不甚熟悉，但夏舒桐邊跑邊躲還是甩掉了不少人。此刻，他就藏身在一條偏僻的巷子裡，周遭很安靜，只聽得見他一個人紊亂的呼吸聲。

確定左右無人後，夏舒桐小心翼翼地從巷子裡走出來，卻沒發現到圍牆上竟有一道黑影迅速躍下，抓握在手裡的鈍重物體猛地敲上夏舒桐的背。

「唔！」一陣可怕的劇痛襲上後背，逼得夏舒桐雙膝一軟，狼狽地跌跪在地，他的額頭布滿冷汗，疼得差點暈厥過去。

眼角餘光瞥見一根粗木棍正準備高高落下，夏舒桐咬牙往旁一滾，背部擦到地面的尖銳刺痛讓他倒吸一口冷氣，險之又險地避開砸下的粗木棍，卻絲毫不敢遲疑地趕緊強撐起身體，拔腿往前跑。

身後一擊落空的中年男人咆哮一聲，發著紅光的眼睛在夜色下顯得猙獰可怖。他抓著木棍，邁開大步地直追夏舒桐而去。

街道另一端，被騷動引來的其餘村人正朝這處趕來。

夏舒桐邊跑邊回頭，背部是火辣辣的痛，雖然沒有流血，卻可以想見衣服底下的肌膚變成一片怎樣可怕的青紫色。

他想要再跑更快一點，但長時間的追逐戰已經消耗他大量的體力，雙腳重得像在上頭綁了鉛，每抬起一步都要費好大的力氣。

從鼻子吸進去的空氣已經不足以緩解肺部的不適，夏舒桐大張著嘴，呼哧呼哧地想要再吞進更多氧氣，大量汗水將他的衣服都浸濕了。

然而，就算夏舒桐再怎麼奮力地跑，身體還是發出了警訊，他的步伐變得越來越慢，兩隻腳沉重得不像是自己的。

抓住夏舒桐速度變慢的空隙，膚色青白、眼神猙獰的中年男人飛快追了上來。他高舉著硬實的粗木棍，朝夏舒桐後背用力揮下。

第三度的重擊讓夏舒桐悶哼一聲，腳步一個踉蹌，便狼狽地摔倒在地，手肘的皮膚被磨破了大片。

這一次，他再也沒有力氣爬起來了，背部的疼痛迅速擴散，將他用力地摁在地面。

夏舒桐痛苦地斷著氣，卻仍不死心地想要撐起身體，然而聽著後方腳步聲越聚越多，一道道黑影兜頭罩下，直至最後一絲月光也被遮擋住的時候，夏舒桐就知道，他恐怕難逃了。

「對不起了，春秋、小蘿，爸爸要食言了……」夏舒桐苦澀地閉上眼睛。

將夏舒桐包圍得水洩不通的村人們眼神凶狠，拿著農具或木棍，眼見就要毫不留情地重重揮下。

一陣淡淡的白霧無預警從街道兩邊漫淹過來，它的速度很快，不到一會兒，那些霧氣已經湧到村民的身邊。

奇異的是，原本眼裡透出詭異紅光的村人在被白霧沾上身時，紛紛發出淒厲的慘叫聲，他們丟下武器，恐懼萬分地四散而逃。

突來的慘叫讓夏舒桐一驚，連忙睜開眼睛，艱難地抬起上半身，他看見一片淡淡的霧氣，以及慌不擇路、四下逃竄的村人們。

然後，那些霧氣慢慢聚集在一起，像是被一隻看不見的手捏塑出形狀，化為一具纖細修長的身影。雖然色澤淡薄，卻可以清楚看出那是一名長髮女子。

夏舒桐不敢置信地睜大眼，想要說出的千言萬語最後只化為承載回憶的兩個字。

「小伶……」

淒冷的月光潑灑而下，將那抹身影襯得越發迷離。那是一名髮色如墨、膚色如雪的女子，一雙冷漠的眼睛在看向夏舒桐時，漸漸有了溫度。

「我會……保護你們的……」

她的嘴唇一開一闔，冷澈的嗓音幾乎要融在風聲裡，讓人聽不真切。

但是夏舒桐還是聽到了，他什麼話都沒有問，臉上露出一抹安心的笑容，虛軟脫力地重新倒回地上。

有著一雙清冷眸子的女子深深看了夏舒桐一眼，然後，她的身形再次被霧氣覆蓋，直到一陣夜風襲來，將那些霧氣吹散，女子的身影就像是平空蒸發。

夏舒桐疲倦地閉上眼，腦海裡，與妻子初次見面的回憶被一格格翻出。

那時候的黃槐村尚未改名，在懸槐祭的第一日夜晚，他站在廣場邊拍著照片，卻意外地對上一名女子的視線。

女子眼神清冷，一頭烏黑長髮披在身後，襯得膚色蒼白似雪。那與喧囂祭典格格不入的冷漠氣質讓他入了迷，忘記移開視線，甚至鼓起勇氣走上前，詢問對方是否願意讓他拍張照片。

第一次向女性提出這種宛如搭訕的請求，他緊張到手指都在發抖，連說話也變得結結巴巴的。

女子安靜地注視他半晌後，忽然勾起了唇，一把抓住他的手，說：「陪我跳支舞吧。」

他笨拙地與女子在篝火邊跳起舞來，對方的髮絲偶爾擦過他的臉頰，讓他耳朵發燙，只覺得腦袋暈沉沉的，如墜夢中。

村人們的起鬨聲在耳邊響起，他聽不真切，視野全讓女子蒼白美麗的面孔所填滿。

她教他跳舞，帶他去槐山看星星，兩個人躺在草地上，在寂靜的氛圍裡可以聽見彼此的呼吸與心跳聲。

女子說，她的名字是夏伶。然後她側過身，那雙幽黑的眸子筆直地望著他，又說：「我喜歡你，帶我離開這座村子吧。」

清冷的嗓音熨著他的心，他半絲猶豫也沒有，用力地點點頭，甚至連女子的身家背景都未過問。

也許他心裡隱隱已經知道些什麼，只是想裝作不知道。

他帶著她回到綠野村，一年後，他們的兒子出生了，命名爲夏春秋。她最喜歡做的事就是抱著孩子窩在他的懷裡，那雙漂亮的眸子再也不復之前的清冷。

又過了六年，他們在城裡買了一棟房子，隨即就是第二個孩子的誕生，是一個與她極爲相似的可愛女孩，命名爲夏蘿。

在夏蘿五歲之前的那段時間，是他們一家四口最幸福的時光了。

然後，在春秋十一歲、夏蘿五歲時，她的身體卻毫無預兆地虛弱下去，不管看了多少醫生都無法改善。他心焦如焚，對於自己的無能爲力感到憎惡。

死神終究還是帶走了他最心愛的她，他悲慟不已，但爲了兩個年幼的孩子，他強迫自己振作起來，在妹妹的協助下，總算將一雙兒女拉拔到大。

但是他怎麼也沒想到，再次回到這座睽違已久的村子時，這場祭典竟瞬間變了調，威脅到他孩子的安危。

而她驟然出現，卻再次讓他想起了某些他曾注意過卻又刻意遺忘的事。

在夏舒桐的意識被黑暗吞噬之前，他的腦中閃過了一個念頭。

哪，小伶，其實妳是……

第九章

寂靜的廣場上，蛛女俯望著已變成她囊中物的左容與左易，不急著先殺了他們或吃了他們，反倒是命令小蜘蛛圍繞在四周，自己則是慢慢走近兩人。

月夜下，上半身爲人類女性、下半身爲蜘蛛的怪物抬起那張明艷的臉，猩紅色的眼睛就像血潭。

蛛女咧出了笑，紅舌輕舔嘴唇。

「好了，現在看你們還怎麼搗亂？」蛛女俯下身，蒼白的臉靠得兩人極近，「想想看，我該怎麼料理你們才好呢？如此健康強壯的肉體，你們的心臟，想必很美味吧？椿大人一定會喜歡這份禮物的……」

蛛女宛若夢囈般喃喃著。

左容表面不動聲色，暗地試圖挪動手臂。那些蛛絲雖然包纏住他們的身體，但實際上並不是緊得連一丁點空隙都沒有。

嘗試幾次之後，左容在蛛絲底下取得了小小的空間。利用那個空間，她小心地讓手指貼著腿線上移，避免動作太大，被蛛女看出端倪。

手指握住某個堅硬的東西，左容的眼中閃過瞬間利光。而從眼角餘光看去，她甚至敢肯定左易現在的行動一定與她如出一轍。

渾然不知兩人暗中的小動作，蛛女繞著他們轉了一圈，突然將臉湊到左易近前。

「你說，先把你剖腹，再挖開你的大腦，吸乾你的腦漿，好不好？」

「妳問我嗎？」左易冷笑，眉眼狂狷，「老子的回答是——」

左易感覺到刀尖刺出了蛛絲，順利地割拉出一條縫。

「把妳那張礙眼的臉拿開，醜女！」

「沒禮貌的小鬼，我要你用最痛苦的方式死去！」蛛女勃然大怒，發出尖銳的咆哮，前端的兩隻步腳高高舉起，霍然刺下。

將蛛絲割出裂縫的少年、少女千鈞一髮地全身而退，不只是掙脫了束縛，還閃過蛛女的攻擊。

事情發展大大出乎蛛女的意料，她紅眸湧現錯愕，兩隻步腳還刺在地裡，左容和左易已飛快抄起先前掉在地上的武器，動作迅猛地砍向原本欲置他們於死地的兩隻腳。

這一次，不論是鋤頭或犁耙都貨真價實地碰觸上蛛女的身體，然而蛛女依舊毫髮無傷，覆著細毛的步腳堅硬得不可思議。

一擊不成，左容和左易立即和蛛女拉開距離。

「媽的！」左易厭煩地咂下舌，肩膀上的舊傷已經迸開，鮮血浸透了繃帶跟衣服，還有一些順著手臂滑落下來。

他甩了下被反彈力道震得有些發麻的手，滴聚在指尖上的血珠子不偏不倚竟落在一隻小蜘蛛背上。

頓時就聽到細微的「滋」一聲。

左氏姊弟與蛛女都注意到這一幕，那隻被濺上血的小蜘蛛背上居然冒出燒灼般的白煙。蛛女愣住。

左容、左易卻是瞬間想起什麼，一人毫不遲疑地用刀劃傷自己的手，一人則是扯下繃帶，任憑鮮血汩汩流出。

說也奇怪，當那些血落到地面後，原本想靠近兩人的小蜘蛛就像是遇上某種恐怖的東西，急急向後退去。

這情景更加肯定左容兩人的想法，他們毫不猶豫地將沾血的刀子射向猶在吃驚的蛛女。兩柄刀精準地刺進蛛女碩大的後體部，刀身沒入，僅留刀柄在外。

蛛女爆出了淒厲哀鳴，被刀子刺進之處不但湧出青色的血，還傳來宛如火燒的劇痛。

這是怎麼回事？這是怎麼回事？那兩人不是人類嗎？爲什麼他們的血有如此力量？爲什麼他們的血……教人如此排斥！

厭惡！畏懼！不願靠近！

蜘女移動著八隻足肢，想和那兩名手臂帶血的人類拉開距離。她召喚出更多小蜘蛛，不願再和他們正面對上。

但是左容、左易哪可能如她所願？一確認心中所想，他們隨即將鮮血抹上各自拿著的武器。

兩抹體型相似的身影在下一秒疾速奔出，他們一邊鏟除小型的紅眼蜘蛛，一邊朝蛛女步步逼近。

已經見識過兩人血的可怕，蛛女哪可能讓他們近身？她飛快躲閃，不時吐出青煙或是射出白絲。

蛛女的動作畢竟比人類靈活快速，一旦八隻足肢高速移動，左容、左易往往近不了身，更遑論給她致命的一擊。

左易很快便心生不耐，他沒興趣追著一隻大蜘蛛跑來跑去，他知道左容也是同樣心思。

左易忽然頓下步伐，沾血的手指往地面抓了一把沙土再追上。趁著蛛女轉頭對他們吐出青煙，他立刻將那把沙土撒上去。

一些染著血漬的沙子擦過蛛女的眼睛，她感覺到眼角湧起灼熱，不禁疼得閉上眼睛。

左易要的就是這個機會。

「妳上還我上？」左易瞥了左容一眼。

「我不想讓沾著黏液的鞋子踩上我的手。」左容淡淡地回了一句。

這句話決定了接下來姊弟倆的工作分配。

左易嘖了一聲，將自己的犁耙扔給左容，「用這個比較好刺。」

接著左易雙手交疊，雙膝微蹲，在左容踩上自己的手當作施力點的時候，肩膀上的刺痛讓他的身體晃了一、兩下，但同時沒忘將自己的手臂奮力向上一頂。

蛛女好不容易才睜開刺痛的眼，而她作夢也沒想到，當自己一睜眼，瞧見的就是綁著馬尾的俊麗少女躍上空中，雙手緊抓尖銳的犁耙——

蛛女聽見可怕的慘叫，像是瀕死野獸哀嚎。然後她才發現到，原來慘叫的是自己。難以想像的恐怖痛楚從身體上迸發開來，傳遞到各個部位。

左容將犁耙尖端送進蛛女體內，感覺到蛛女的身體在晃動，她迅速抽起犁耙，躍回地面，再大步與蛛女拉開距離。

蛛女疼得幾乎想在地上打滾，她的身體被刺穿了數個洞，傷口冒出滋滋作響的可怕聲音，青血大量溢出。

這隻上半身為人、下半身為蜘蛛的怪物不停哀嚎，再也沒有想和兩名人類對抗的心思，她的心裡湧出一種前所未有的情緒。

恐懼。

蛛女強忍著疼痛，飛也似地向黑夜裡逃竄而去。

左容和左易沒有特意追上——憑蛛女現在的速度，他們就算想追也追不上——他們環視了一眼連小蜘蛛也不見的周遭，最後對上彼此的視線，彷彿在確認下一步的行動。

還沒有確認出結果，寂靜的空地上倏然響起一陣悅耳的音樂。

是左容的手機鈴聲。

一看見顯示在螢幕上的來電者名字，左容飛快地接起電話。

「春秋？」

手機裡傳出左容最熟悉也絕不會錯認的聲音。

「左容嗎……我在槐山……」

□

村子另一邊，歐陽明正狼狽地大步奔跑，心臟劇烈跳動，耳邊只聽得見粗重的喘息聲、急促的心跳聲，還有那些宣告不祥的眾多腳步聲。

他努力吸吐著新鮮空氣，但劇烈的運動讓他身體已快超過可負荷程度。

歐陽明繼續大力吸氣吐氣，覺得肺部像有火在燒，一路燒灼到喉嚨。他現在覺得喉嚨乾得不得了，好想喝水……香蕉牛奶、可樂、紅茶好像也都不錯……噢不，他只要能喝到一點水就很感激了。

歐陽明腳下不知絆到什麼，一個踉蹌，本來就有些發抖的雙腿頓時失去平衡，身子向前傾倒。

撲通一聲，體型圓滾滾的少年跌得雙腳跪地，雙手下意識地撐在地面。

膝蓋雖然傳來了疼痛，但掌心下卻是柔軟的觸感，那是修整得平坦的草地。

歐陽明瞪著身下的草地，大口喘著氣，腦中一片空白，只有一個問題在不停流轉——爲什麼事情會變成這樣？

只要回想起廣場上的血腥畫面，歐陽明的眼淚就快要奪眶而出。謝海山的頭從身體上掉了下來，楊紓慘遭殺害，花忍冬淒厲的悲鳴還迴盪在耳邊……

歐陽明緊咬牙關，命令自己必須趕緊爬起。左容、左易好不容易替他開出一條逃跑的路，絕對不可以在這邊被抓到！

後方驀然傳出聲響，歐陽明心臟重重一跳，下意識扭過頭，然後驚慌失措地倒抽一口氣。顧不得身體發出的抗議，他手腳並用地爬了起來，再度拔腿就逃。

歐陽明很清楚，只要動作一慢，就會落入村人手裡。他不敢想像之後會變成怎樣，也許應該問，還有沒有活著的機會？

夜色濃得像一塊剪裁下來的黑布，將天空遮掩得密密實實，看不見星子，就連細得像鐮刀的弦月也是一副慘白欲墜的模樣。彷彿只要一眨眼，它就會消隱得無影無蹤，讓這個區域只剩下大片的紅光靜靜蔓延。

歐陽明發出一聲類似呻吟和哀叫的吸氣聲，這時才發現自己慌不擇路地逃進一間小學裡，環繞在四周的建築物黑漆漆的，但玻璃卻反射出紅燈籠的光。

那些圓形的紅燈籠就圍繞在小學外，它們的紅是一種安靜、死寂、不帶任何活力的顏色，於是被染上紅光的窗戶玻璃就像一隻隻無機的紅眼睛。

就像那些人的眼睛一樣。

歐陽明打著哆嗦，他好想大叫出朋友的名字，那或許會讓目前隻身一人的自己安心一點。可同時他也很清楚，要是真的發出聲音，那就等同把自己往死路裡推了，任何過大的聲音都可能會引來追著自己的村民。

歐陽明不確定自己跑到了小學的哪個區域，他只知道要一直逃、一直逃。驀地，他看見前方不遠處的教室走廊上有一座洗手台。

歐陽明迅速張望一下，雖說還隱隱聽得見腳步聲，但尚未有人真的追上來。

趁誰也沒有瞧見之際，他三步併作兩步衝到洗手台後方，整個人使勁縮起。他的背貼著石頭製的冰涼底座，伸手捂著口鼻，就怕自己的呼吸聲太大。

大約過了幾秒，本來還有些模糊的腳步聲登時變得清晰，並且越來越靠近了。

歐陽明聽見雜亂的腳步聲從右側傳來，他僵著身子，一動也不敢動。他聽得見腳步聲越來越近，然後經過了洗手台另一側。

歐陽明還是不敢動，直到他用眼角餘光瞥見最後一人也往左邊走了，他才敢慢慢扭過頭，小心翼翼地將身體撐高一點點，探出眼睛來。

映入歐陽明眼裡的是數人的背影，他們手上都拿著武器，也許是鋤頭、也許是鐮刀、也許是柴刀……不管是哪一種，都能置人於死地。

四人組成的隊伍越走越遠，可突然間，墊後的那人猛地扭頭。

歐陽明的心臟提至嗓子口，他以最快的速度縮回去，不敢確定自己有沒有被對方撞見。對方轉頭的剎那，他看見一雙發著詭異紅光的眼睛，還有一張青白的臉孔。

歐陽明對那張臉有印象，那是代神村的雜貨店老闆。

歐陽明還記得對方好客親切的笑容，可此時此刻，那張已變得古怪青白的臉上什麼表情也沒有。

事實上，不僅僅只有雜貨店老闆，那些追著歐陽明的人全都變成了這副模樣。

歐陽明屏氣等待，就怕四人折回來。

幸好腳步聲越離越遠，誰也沒有發現躲在洗手台後的目標物。

天、天哪……歐陽明嘴唇微微發抖，但總算稍稍鬆了一口氣。他移開捂著口鼻的手，緊繃的肩膀垮了下來，身體也貼著洗手台基座慢慢下滑，他大口大口地喘著氣，右手下意識探向口袋，想摸摸看有沒有什麼零食可以吃——

歐陽明的一口氣忽然死死憋住了。

這次換左邊傳來聲音，而且是靠近藏身之處的左邊走廊！

歐陽明頓時沒了找零食的心思，他慌張地跳起，站直那瞬間膝蓋都還在發抖。

有人從左邊走廊轉角走了出來，一雙眼睛散發著嚇人的詭異紅光，就像那些掛在外頭的紅燈籠。

兩人對上視線的下一秒，那人立即提著木棍往歐陽明衝去，而且他身後還有其他人。

歐陽明忍不住發出短促的慘叫，急忙衝往另一個方向，想也沒想地轉進右邊走廊裡。

接下來呢？接下來要怎麼辦？歐陽明頭腦一片混亂，他不知道自己能躲到哪裡，那些追趕聲已越靠越近。

歐陽明緊張地東張西望，目光瞬間鎖定在那些關起的教室門窗。他衝了上去，發瘋似地一扇扇用力搖晃。

鎖的、鎖的，還是鎖的……忽然唰啦一聲，一扇窗戶居然被歐陽明拉開。

歐陽明先是一愣，緊接著湧上狂喜，在心中大聲感謝忘記鎖窗的學生。

在村民追出走廊轉角前，他笨手笨腳地爬窗躲進黑漆漆的教室裡，並鎖上了那扇窗戶。

歐陽明轉頭看著教室，想找出能讓自己藏身的位置，他不敢保證那些嚇人的紅眼睛有沒有辦法在這片黑暗中找到他。

歐陽明起初想躲到桌子底下，但他立刻拋棄這個想法。先別說桌子四周沒有遮蔽，這可是小學生在用的課桌椅，憑他的體型，只怕能不能卡進去都是一個問題。

歐陽明第二個想到的是講台下，不過他隨即又發現到更隱蔽的地點——掃除工具櫃！

歐陽明馬上往那跑，中途還不小心擦撞到幾張桌椅，幸好沒有弄出太大聲音。

用來放置掃除工具的櫃子裡有股難聞的味道，但這個時候歐陽明也無法在意那麼多了，匆匆忙忙地將掃把塞到櫃子後，把自己藏進櫃子裡，關上櫃門，整個人直挺挺僵站著，大氣也不敢出一聲。

工具櫃裡一片漆黑。

可是，或許是四周都有屏障，歐陽明反倒稍微安心下來。更加幸運的是，對著教室門窗的那面薄薄櫃板上還有一處小破洞，正好可以讓人把眼睛貼上去，觀察外界動靜。

歐陽明眨也不眨地偷看工具櫃外的景象。

有人影，一、二、三、四、五，五個人從教室外頭走過，眼睛都發著紅光，面孔青白。

他們顯然沒察覺到教室裡躲著人，那些緊閉的門窗形成了有效的障眼法。

眼看最後一人的身影快要消失在視野內，歐陽明蹲下身子，慢慢吐出一口氣，慶幸自己逃過一劫。

他在心裡又默數了十秒，確定耳邊眞的只有自己的呼吸聲和心跳聲，沒再聽見任何腳步聲，才顫顫地站了起來，小心翼翼地把眼睛湊向櫃板上的小洞，想看清目前的情況。

從小洞望出去，他不偏不倚地正好望進一雙發著光的紅眼睛裡。

歐陽明發出不成調的慘叫，剛站起的雙腿又一軟，嚇得往後跌靠，背部撞到了另一片櫃板。

就在歐陽明往後跌的那剎那，一柄用來割草的鐮刀重重砍了進來，鋒利的刀刃刺進木板，發出嚇人的刺耳聲音。

歐陽明大腦空白不到一秒，瞪著那柄被卡在櫃板中的鐮刀，他馬上推開櫃門，逃出去。

眼睛發著紅光的中年人發出威嚇似的咆哮，他手臂使力，想將鐮刀一舉拔出來。

歐陽明哪有可能給他這個機會，動作迅速地跑到工具櫃外的另一側，使上吃奶的力氣，將櫃子用力往前一推。

掃除工具櫃歪歪倒倒地朝中年人壓了過去。

教室內震出好大的聲響。

「哇啊，對不起、對不起。」歐陽明一邊道歉，一邊慌張地繞過了工具櫃和被壓在底下的中年人，打算用最快的速度衝出教室門。

等等……門？

歐陽明瞪著大敞的教室門，門鎖明顯沒被破壞，也就是說……

不會吧？這門原本就沒上鎖嗎？他之前努力爬窗是爬假的嗎？

歐陽明在心裡哀號一聲，急匆匆地衝出教室，不過才衝出一步，腳便快速地收了回來。

他臉上血色褪去，發出了吸氣聲，不論左右哪一側，眼睛發出紅光的村民都提著武器往教室衝了過來。

歐陽明覺得自己就算眞的在他們趕來前跑出去，也跑不了多長距離。沒有多想，他乾脆整個人退回教室，飛快將教室門關起、上鎖。

歐陽明重重喘了幾口氣，轉頭看著身後教室另一側的窗戶，靈光一閃，一個箭步跑上前，扳下鎖釦，再將窗戶猛地拉開，大片夜色撞入眼裡。

就在這時，咔啦咔啦的聲音響徹教室。

歐陽明緊張地扭頭，望見那些村民們全圍了過來，門窗外都是晃動的人影和可怕的紅眼睛。

擠在門窗前的村民試圖打開門或窗，但在發現怎樣也推不動時，他們舉起了武器，重重敲砸下去。

玻璃劈里啪啦碎了一地。

眼見村民就要擁進教室，歐陽明使勁撐起圓胖的身子，以笨拙的動作翻逃出教室外。

雙腿一落地，歐陽明還不穩地晃了兩下，但教室內傳出的桌椅翻倒聲激得他打了個哆嗦，想也不想地拔腿就跑。

他順著教室後的排水溝一路慌張地逃，已經不知道自己還能躲到哪裡，可要他坐以待斃，他更是千百個不願意。

僅僅跑了幾步路，那些闖進教室、跟著從窗子爬出來的村民們也追了上來。

歐陽明發出一聲尖叫，只是這聲尖叫中途便斷成無聲，一隻手猛地捂緊他的嘴。

歐陽明心臟幾乎要停了，手腳立時發軟又發冷。

就在下一秒，一道惡狠狠的聲音落了下來。

「閉上你的嘴，你是怕別人不知道自己在這嗎！」

那是一名老人的聲音，而且對歐陽明來說極爲陌生。

不給歐陽明辨認或反抗的機會，手臂主人一把將他拽進了栽種在教室附近的灌木叢後。

確定兩人的身形都被遮住，老人才鬆開手，「不准亂出聲，否則我眞的一腳把你踢出去給那群人當飼料！」

歐陽明屏著氣抬頭，瞬間瞪圓了眼睛。眼前的老人頭髮灰白、戴著眼鏡，身上穿的是花襯衫和休閒褲，他確定自己從未見過這個人。

如果夏春秋與夏蘿在場，就會認出對方是曾經請他們喝茶的天賜伯。

「您是？」歐陽明吃驚地詢問。

「噓！」似乎察覺到什麼動靜，天賜伯瞪了他一眼，要他閉上嘴巴。

歐陽明雖然乖乖噤聲，但對於突然出現的天賜伯仍抱持疑慮，不時覷著身旁的老人，猜想著他爲何會出現在這裡，又爲何沒受到操縱。

被歐陽明的視線瞧得不耐煩，天賜伯轉過頭，沒好氣地以氣聲質問：「你是看夠了沒有？」

「我、我只是想知道，伯伯爲什麼會出現在這裡？」歐陽明同樣也以氣聲回應，不敢發出太大的聲音。

這個問題讓天賜伯眉頭緊皺，繃著一張臉，簡短地說出他這邊的遭遇。

事實上，在夏蘿與夏春秋離開後，心情被戴坤瑞弄得極爲糟糕的天賜伯決定回房間睡上一覺。

當他睡醒後，才發現懸槐祭已經開始了。抱持著身爲村人得參加村中重要祭典的想法，天賜伯還是從床上爬起身，整了整衣服，決定出門。

剛走出家門，他就發現有兩名村民正朝他迎面走來，對方的眼睛發出古怪紅光，表情僵硬麻木，就好像不認得自己一樣，甚至還高舉手中的木棍。

察覺不對勁的天賜伯反射性拔腿就跑，也幸好他極為熟悉代神村的大街小巷，再加上身體硬朗，一路左鑽右竄，總算逃過了追擊，躲進這所小學裡。

才躲了沒多久，他就聽到屬於男孩子的慘叫從另一端傳來，連忙趕過去一探究竟。

聽著對方的解釋，歐陽明恍然大悟地點點頭，總算弄明白對方為什麼沒有像那些村民一樣被操控。他撥開葉片從間隙觀望，發現又有村民跑了過去，像是在尋找什麼。

「別看了，小胖子，我們先到操場那邊。」天賜伯拍上歐陽明的腦袋，「那裡近後門，總之先想辦法出去。」

歐陽明哪可能反對，他連忙點頭，只是他沒想到對方一說完，竟是健步如飛地跑出去。

「不……不是吧？」歐陽明呆了呆，隨即才驚醒過來，緊跟上去。

只不過歐陽明的速度真的不快，運動本來就不是他的強項，況且他剛剛才花了一番力氣逃跑，現在跑得氣喘吁吁的，和天賜伯的距離也越來越大。

「你那是跑步嗎？說是烏龜在爬還差不多！」察覺到不對勁的天賜伯回過頭，像是不敢相信居然有人能跑得這麼慢，氣急敗壞地罵道，一雙眼睛像是巴不得將歐陽明給刺穿。

「可、可是我……」歐陽明上氣不接下氣地回答，他心裡也覺得委屈。

「那群王八蛋發現我們了！」天賜伯臉色又是一變。

「什……！」歐陽明的慘叫幾乎分了岔。

「你這小胖子還不跑快一點？你一身肥肉，要是落入他們手裡，鐵定被生吞活剝的，說不定還會用火烤！」

生吞活剝……火烤……歐陽明臉色乍然一片白，許多恐怖的想像畫面已經在他腦子裡轉了起來。

「不要……我絕對不要被人吃掉啊！」或許是腎上腺素突然爆發，歐陽明本來慢得不得了的步子瞬間加大，他狂奔起來，甚至一下子就超越了天賜伯。

這下換天賜伯一呆，沒想到自己隨口說的威脅居然這麼有用。

「喂，小胖子！你跑錯邊了！」天賜伯注意到歐陽明跑錯了方向，連忙出聲喝阻，自己也追了上去。

一老一少就在夜間的小學裡大步奔跑，繞過一個又一個轉角，總算拉遠與村人的距離。

天賜伯一邊跑，一邊不時扭頭察看身後情況。而當他再次轉頭回來，卻硬生生撞上了歐陽明的背。

就算歐陽明的身體軟軟肉肉的，但天賜伯在沒有減速的情況下撞上去，鼻子還是痛得不得了，甚至眼鏡都撞歪、掉到了地上。

天賜伯撿起眼鏡，惱怒地一掌拍上歐陽明的腦袋。

「你小子在搞什麼？沒事幹嘛停下來？」

「那個，伯伯……」歐陽明沒因這一掌而哀叫，相反地，聲音虛弱得像是沒了力氣。

天賜伯注意到情況不對勁，趕忙戴上眼鏡，發現歐陽明依舊一動也不動地僵立著，頭抬得高高，彷彿在看著什麼。

天賜伯心裡疑惑，學著歐陽明的動作也抬頭看去。

然後，呆若木雞。

那是……什麼？

黑夜中的操場，有個巨大的圓形物體。說是圓形也不太正確，但那形狀確實難以形容。在圓物的前方兩側，各有著四隻長而粗大的東西伸展出來，呈現著類似「八」字形的形狀。

天賜伯和歐陽明完全說不出話了，他們兩人的腦海都想到相同的東西。

蜘蛛，大蜘蛛。

下一剎那，那個碩大圓物震動了下，有什麼「東西」從蛛身上撐起，那是屬於人類女子的上半身。

然後，她轉過頭來，烏黑的波浪鬈髮，猩紅的眼睛，那是一張嫵媚的女人臉孔。

天賜伯猛地倒吸一口氣，雙眼瞠大，不敢置信地瞪著那張他無比熟悉的臉孔。

「慧、慧婷——！」

當那聲驚愣無比的呼喚響徹夜空時，蛛女猩紅的瞳孔驀地收縮，哆嗦著嘴唇，這一刻竟從心底湧出絕望的感覺。

爲什麼會出現在這裡？椿大人明明說過父親待在房裡熟睡，不會讓他遇到任何危險的。

「妳是慧婷對不對？爲什麼……爲什麼妳會變成這樣？」天賜伯顫顫地往前走，瞬間像是衰老了數十歲，淚水從眼角滑了下來。

蛛女僵著身體，她看見了倒映在父親眼裡的醜惡身姿，那模樣第一次讓她打從心底憎恨起來。

如同怪物一般的自己。

歐陽明也愣在一旁，他自然認得先前出現在廣場上的蛛女，但他怎麼也沒想到身旁伯伯說出的話就像是認識對方一般。

天賜伯又向前走出一步，他不可能錯認自己的女兒，那張臉、那眼神，分明就是他尋找了許久的慧婷。

蛛女卻如同受到驚嚇一般，她想要逃離父親驚愣又痛心的注視，奮力撐起後體部；然而這動作卻牽扯到身上的傷口，椎心刺骨的疼痛瞬間竄上來，她嘶著氣，額上滿是冷汗。

「慧婷！」天賜伯驚呼一聲就想要衝上去，但歐陽明卻一把抓住他的手。

「伯伯！不行過去！她是、她是……」

「她是我的女兒！」天賜伯氣急敗壞地瞪了歐陽明一眼，這個答案就像一顆重磅炸彈，震得歐陽明僵在原地。

蛛女也怔住了，一雙猩紅的眼望著天賜伯，嘴唇張張闔闔，竟是一個字都吐不出來。

「慧婷……我可憐的慧婷……是不是戴坤瑞那小子把妳害成這樣？」天賜伯甩脫了歐陽明，舉步維艱地走向他思思念念的女兒。

「我……」蛛女發出乾澀的聲音，閉上了眼睛又睜開，一絲絲青煙驀地從地面竄出。

在歐陽明驚慌的注視下，青煙裊裊地環繞住蛛女龐大的身子，幾秒過後又飛快散去。

與先前不同的是，佇立在眼前的已不再是有著女子上半身與蜘蛛後體部的怪物，而是擁有人類姿態的女性，大量青色液體正從胸前的貫穿傷湧出，沾濕了她的衣服。

蛛女的身子晃了晃，終於支撐不住地摔向地面。天賜伯急忙伸出手，扶著她慢慢坐至地上。

「爲什麼不逃走呢，爸？」蛛女嗆咳了幾聲，唇角彎出自嘲的弧度，「我這個樣子，根本就不是人類了……」

「開什麼玩笑！哪有做父親的會丟下女兒跑走？」天賜伯怒斥一聲，然而眼裡的淚水卻越落越多。他顫抖著摸上女兒蒼白得可怕的臉孔，冰涼的溫度讓他心驚。

「走！爸爸帶妳去找醫生！」

蛛女搖搖頭，制止了父親想要扶起她的動作。這座村子裡已經沒有醫生了，在椿大人的操控下，村民已經成爲行屍走肉、聽從命令的傀儡。

她又咳了幾聲，一絲絲綠色液體從嘴角滲出，整個人似乎更爲虛弱。

天賜伯慌張地用袖角擦去那些綠色，就在這時候，歐陽明忽然緊張地大喊。

「伯伯！那些人追上來了！」

天賜伯往後方看去，本來以爲甩掉的村民正朝他們步步逼近，他反射性緊擁住女兒，將她護在懷裡。

蛛女也跟著抬起頭，猩紅的眼在看見那些村民時忽地閃過一抹異光，平坦的地面驟然竄出一縷縷青煙。

那些青煙彷彿有自主意識般朝村民飄了過去，在他們身前形成一道圓弧，接著，有無數隻蜘蛛從青煙之中爬了出來。

那些蜘蛛有大有小，卻無一例外均朝村民擁了過去，瞬間封堵住他們前進的腳步，甚至逼得他們不得不向後退去。

「讓你逃過一劫了，小鬼。」蛛女看向歐陽明，沾著綠色血液的嘴唇微微開闔，「現在，把我爸帶走……走得越遠越好，不要再回來這座村子了……」

「我不走！」天賜伯雙手緊擁著女兒，神色顯得既固執又堅決，「你這小子要走就自己走！」

「我……這……」歐陽明猶豫地看了看兩人，他想要帶走伯伯，但在對方惡狠狠的瞪視下，卻不知該不該上前。

就在歐陽明不知所措時，手機鈴聲忽地劃破了寂靜，他被嚇了一跳，緊張地四處張望，一會過後才發現聲音來自他的口袋。

歐陽明手忙腳亂地拿出手機，甚至沒仔細看清楚來電者是誰就按下通話鍵，慌張地喂了一聲。

熟悉的嗓音從手機裡傳了出來。

「歐陽，我在槐山……」

「喂喂？小夏、小夏？」歐陽明瞪圓了眼睛，著急地喊了幾聲，可是卻沒有獲得更多回應，只聽到盲音響起，電話被掛斷了，打回去也被轉進語音信箱。

「去找你朋友吧。」天賜伯沙啞說道，「就讓我留在這裡陪著我女兒好嗎？」

瞧著對方近乎懇求的表情，歐陽明躊躇半晌，最後，他輕聲說了「對不起」，轉身往操場另一邊的側門跑去。

「爸……」蛛女瞧著父親蒼老的臉孔，淚水不自禁從眼角滴落下來。

「不要怕，爸爸陪妳。」天賜伯的嗓音很慈祥，摟著他最心愛的女兒，一下一下地輕輕拍著她的背。

蛛女將臉埋進父親懷裡，恍惚中，覺得自己像是回到了小時候。在她睡不著覺時，父親總會這樣溫柔地哄著她。

胸前的綠色血液越湧越多，幾乎浸染了整件衣服，她卻像是毫無所覺，只是慢慢地閉上眼睛。

這一刻，她終於回到屬於自己的家了。

第十章

一身血污的花忍冬大步跑在街上，身後是追得氣喘吁吁的葉心恬，但她卻一反常態地連聲抱怨都沒有出口，只是緊揑著拳頭，努力跟上花忍冬的步伐。

葉心恬知道自己不可以任性，因爲會縱容自己的林綾正面臨生命快速流逝的危險，她與花忍冬必須盡快找到失散的同學，然後大家一起回去花家的屋子，把林綾送回黑岩村。

絕對，不會讓妳死的！葉心恬用力咬住下唇。

兩人匆匆離開花家，滿腦子只想著趕回廣場確認左容、左易是否還在原處。

直到跑了一段路，葉心恬忽然聽到手機鈴聲響起，才猛然驚覺兩人太過慌張，一時竟忘記手機這個最便利的工具。

只顧著埋頭跑的花忍冬似乎沒注意到聲音，葉心恬連忙跨大步伐，撐著一口氣追到花忍冬身後，一把扯住他的衣角。

「花花……電話！」她氣喘吁吁地喊道。

花忍冬前衝的勢頭一頓，這才發現口袋裡的手機正在響動，鈴聲一陣接一陣，他趕緊拿出手機一看，螢幕上正閃爍著「夏春秋」三字。

「小夏？」花忍冬有些訝異，但心裡同時鬆了口氣，至少可以聯絡上其中一人了。

葉心恬急忙湊到花忍冬身邊，想知道手機那一端會傳來什麼消息。

花忍冬按下通話鍵，還沒開口，屬於夏春秋的緊張聲音頓時傳了出來。

「花花，我在槐山……」

「小夏！」花忍冬想要追問更多，誰知才傳來這麼一句話，電話就被掛掉了。

「怎麼了？小夏說什麼？」察覺到花忍冬神色有異，葉心恬緊張得絞著手指頭，「小蘿呢？有沒有跟在他身邊？」

「不清楚，小夏只說他人在槐山。我剛打去也打不通，不知道是不是收訊出了問題。」花忍冬收起手機，果斷地做出決定，「總之，咱們先過去看看。」

葉心恬點點頭，與花忍冬轉身跑出村子，朝槐山的方向趕去。

一路上很安靜，宛如死寂般的安靜，除了偶爾響起的蟲鳴，再也聽不見其他人聲。如果不是懸掛在空中的紅燈籠昭示著祭典已經開始，沒有人可以將現在的情況與往昔熱鬧喧騰的懸槐祭聯想在一塊。

當兩人匆匆趕到槐山山腳，卻意外發現有三道人影正從不同方向跑來。

花忍冬一眼就可以判斷出跑得上氣不接下氣的圓胖人影是歐陽明，而與他反方向疾奔而來的紅髮少年與高馬尾少女身分不言而喻。

那兩人動作矯健俐落，當歐陽明還在另一端跑得喘吁吁，他們已來到花忍冬兩人身前。

左容、左易接近後，花忍冬才發現兩人也是一身狼狽，衣服髒污不說，臉上、手上都有細細的傷口。

「林綾呢？」左容詫異地發現一向與葉心恬形影不離的林綾並未出現。

葉心恬別過頭，雙手緊抓住衣襬，她怕自己一說出林綾兩字，淚水又會不受控制地湧了出來。

花忍冬的表情剎那變得扭曲，但他仍勉強堆起笑容，「林綾在家休息。她說，等咱們找到了你們和小夏，再回去接她。」

左容敏銳地察覺出兩人情緒上的波動，她沒有追問，只輕輕嗯了一聲。

左易則是揚高一雙狹厲的眼，冷聲質問：「你們爲什麼會出現在這裡？」

「人家是接到小夏的電話。」花忍冬實話實說，卻看到左家雙子眼底迅速滑過一抹詫異，立即意識到某件事，「該不會，你們也接到了電話？」

左容點頭。

左易一言不發地走向另一邊跑幾步就停幾步的歐陽明，在對方不解的目光下，猝不及防地抓住他的後衣領，毫不客氣地扯著他往前走。

「哇啊啊！左易！呼吸……我快不能呼吸了！」歐陽明發出慘叫，雙腳可憐兮兮地在地上拖行。

左易手段粗暴，但極有效率，三兩下就將歐陽明扯到花忍冬跟前，一把扔到地上。

「說，你為什麼會出現在這裡？」左易居高臨下地俯視他。

「咦？我、我……我是接到小夏的電話……」歐陽明一邊喘氣一邊回答，話一出口，發現不只左容、左易臉色微變，就連花忍冬與葉心恬也一臉驚詫。

「怎麼了嗎？」歐陽明一頭霧水地爬起身。

「我接到了春秋的電話。他說他在槐山，沒有後續。」左容淡淡地說。

「人家也接到小夏的電話。內容跟妳那通一模一樣。」花忍冬的語氣透出古怪。

「還眞是巧，大家都接到了小夏的電……」最後一個「話」字頓在舌尖，因為歐陽明也察覺到事情不太對勁。

「打電話過來的，眞的是小夏嗎？」葉心恬猶豫地問。依夏春秋的個性，不可能給每個人都打了電話，卻又把話說得不清不楚，這種裝神弄鬼的作為不像他。

「聲音是，但之後就打不通了，LINE也沒回應。」左容的聲音雖然平淡如常，但眉頭卻擰了起來。

「直接上山去，就知道是誰在搞鬼了。」左易唇角拉出一抹野蠻又狠戾的弧度，「老子很忙的，要趕緊把那個小不點找出來才行。」

「說的也是，人家沒有多餘的時間可以浪費了。」花忍冬笑咪咪地附和，但眼底不見笑意，冷得澈骨。他必須盡快回去，將林綾與母親帶離這座村子才行。

左容、左易毫不猶豫地轉身上山，花忍冬緊隨在後。葉心恬反射性就想追上，卻察覺後衣襬忽地被拉了拉，隨後響起的是歐陽明有些尷尬的聲音。

「那個，小葉……妳可不可以拉著我走？我好像沒什麼力氣了……」

葉心恬轉頭惡狠狠瞪了小胖子一眼，眼見三人已走上石板鋪成的槐山小路，不想落後的她一把抓住歐陽明的手，氣急敗壞地扯著他往前走。

□

夏春秋渾然不知自己的手機落到椿的手裡，甚至成了引誘他人前來槐山的工具。他緊抓夏蘿的手，兩人慌亂地在森林裡竄逃。手拿農具的村人緊追在後，雙方的腳步聲迴盪在幽靜的林子裡，聲音彷彿被放大無數倍，擾得夏春秋越跑越心慌。

他一邊跑一邊回頭覷向後方，一雙雙亮著詭異紅光的眼睛讓他心臟一縮，已顧不得自己會跑向哪邊，幾乎有路就鑽。

茂密的枝葉刷過臉頰，幾根樹枝劃破了皮膚，但夏春秋不敢停下來。夏蘿更是一聲不吭，不願讓兄長因爲她而放慢步伐。

然而體力終有用盡的時候，一晚的奔波逃竄讓夏蘿步伐漸漸踉蹌，一個不小心就被地上的石頭絆住，小小的身子頓時往前一傾，狼狽摔倒在地。

「小蘿！」夏春秋連忙回過身子，一把扶起妹妹，「還好嗎？有沒有摔傷哪裡？」

「夏蘿沒事。」強忍住膝蓋傳來的疼痛，夏蘿搖搖頭，在兄長的攙扶下站直身體。這個動作扯得膝蓋上的傷口冒出火燒般的刺痛感，她不禁輕輕嗚咽了聲。

這聲低呼自然傳進了夏春秋的耳裡，他心急如焚地想要確認夏蘿是不是有哪裡受傷，然而森林裡能見度不高，僅有的幾絲光線還是月光穿過葉隙落下的。

「哥哥快走，別管夏蘿！」推了推夏春秋的胸口，夏蘿急促喊道。

村人與他們的距離越拉越近，眼見下一秒就要追上來。

「我揹著妳走！」夏春秋說什麼都不可能丟下妹妹，他蹲下身子，背部朝夏蘿，示意她趕緊上來。

夏蘿緊張地看了看後方，村民與他們的距離只剩下短短數公尺不到，她不再猶豫地攀上兄長的背，雙手環住他的脖子。

「絕對不可以鬆手！」夏春秋繃緊聲音吩咐，揹起妹妹就往深幽的林子裡跑。

但他才跑了一小段，忽地聽見前方傳出沙沙沙的聲音，伴隨而來的是複數的腳步聲。下一瞬間，只見原本下垂的枝葉忽地被撥開了，數道身影從樹叢裡鑽了出來。

夏春秋頓時倒吸一口冷氣，眼底映入不知何時已繞到他們前方的村民身影。他們眼露紅光、膚色青白，手中的釘耙閃爍著不祥冷光。

夏春秋心慌地想要後退，但背上的夏蘿卻發出一聲驚呼。

「哥哥，後面！」

夏春秋連忙回首，卻發現先前緊追不捨的村人已呈扇形散開，與前方的那幾人將他們包圍起來了，而這個包圍圈逐漸收攏，越來越小。

夏春秋心底湧現出絕望，他甚至連一絲可以逃跑的縫隙都找不到，只能眼睜睜看著那些村人神色猙獰地舉起農具、木棒，就要朝他們揮下。

夏春秋想也不想地將背上的夏蘿放下，將妹妹緊緊摟在懷裡，環住她肩膀的手甚至因爲恐懼而發著抖，卻死也不肯鬆手。

然而預想中的重擊遲遲沒有落下，夏春秋甚至還聽見了幾聲驚慌失措的斷氣聲。他不安地抬起頭，愕然發現身邊不知何時竟圍起一層淡淡霧氣。

那些霧氣如同屏障般，將村人隔絕在外，凡是被霧氣沾上皮膚的村人如同被火燒灼般發出慘叫，紛紛丟下武器逃散開來。

轉眼間，夏春秋放眼所及已看不見那些身影了。他慢慢鬆開環住夏蘿的手，小心翼翼地碰觸那些白霧。

什麼事都沒有發生，他的手指輕易穿過了霧氣。

夏蘿也訝異地轉動著小腦袋，瞧著環繞在周邊的白霧。在兩兄妹費解的注視下，那些霧氣竟慢慢聚集起來，逐漸塑造出人類的姿態。

當膚色如雪、黑髮如墨的女子出現在眼前時，夏春秋不敢置信地瞪大眼、顫抖著嘴唇，卻是什麼聲音都發不出來。

夏蘿仰起蒼白小臉，怔怔地看著驟然現身的纖細身影，淚水撲簌簌地從眼裡滑下，沾濕她的臉頰。

「春秋、小蘿。」女子溫柔地注視他們，清冷的聲音透出溫度，輕輕迴盪在林子裡。她的眼睛與夏蘿極其相似，黑澈得不可思議，彷彿一不小心就會讓人沉溺其中。

「媽！」夏春秋哽咽著喊，眼淚終於不受控制地滴答落下。

「媽媽！」

夏蘿想要衝上前抱住母親，但夏伶卻微微後退一步，搖了搖頭，眼神悲傷又溫柔地制止他們前進的步伐。

「別再往前走了，你們是碰不到我的。」

「可是妳明明就在這裡！」夏春秋喊道。

「因爲，這只是我殘存的意識而已。」夏伶柔聲說著，「你們忘了嗎？我在五年前就死了。」

這句話就像是一道制約，釘住夏春秋的腳步，他淚眼矇矓地看著母親，想起了五年前讓他與父親、妹妹悲傷萬分的葬禮。

就算理智上知道母親已經過世，就算知道自己應該懷疑起眼前的身影，但是、但是……夏春秋還是壓抑不住心底的激動，不管是人、是幽魂，或是一縷意識也好，他是如此地想念母親。

夏伶憐愛地看著一雙兒女，那雙本該冷漠的眼此時卻無比溫暖；但是下一秒，卻像是有什麼驚動了她，她忽地抬頭望向遠方，眉頭輕輕皺了起來。

然後，夏伶又收回視線，轉而看向夏春秋與夏蘿，神色染上悲傷。

「我的時間不多了，有些事必須讓你們知道。」

「時間不多是什麼意思？」夏春秋心慌地問，他發現母親的身影竟然慢慢變淡了，顏色彷彿正一絲絲從她身上褪去。

「我快要消失了。」夏伶輕聲說道，她垂下眼，看見自己的手正逐漸轉爲透明。

這句話讓夏春秋瞳孔驟地一縮，不敢置信地看著她。而夏蘿則是慌張地跑上去，想要抓住母親的手，但手指卻穿過夏伶的身影。

夏蘿驚慌失措地仰起頭，大滴淚水從眼裡滑落，那模樣讓夏伶心疼不已。她抬起手，明知道摸不到女兒，卻還是忍不住伸出去，讓手指懸停在夏蘿的頭髮上，彷彿想要藉由這樣的動作安慰她。

夏春秋緊咬住嘴唇，不想讓自己哭出聲音。他一步步走上前，來到夏伶身前，目光片刻不移，要將母親的身影深深鐫刻在眼裡、心中。

「如果可以抱住你們就好了。」夏伶苦澀地說，她望著自己最心愛的一雙兒女，對於僅是一縷思念體的自己感到悲傷，「可惜我已沒有實體，就連那些力量也快無法掌控了……」

夏伶的聲音很輕，一不小心就會融進晚風裡，但夏春秋還是聽到了最後一句話。他渾身一震，像是想到了什麼，一雙眼睛不由得睜大。

「對了，你們知道嗎？」

「代神村的神明，十七年前就離開了村子。」

「那棵樹沒有了靈魂，只剩下，力量。」

十七年前突然離開村子的神明。

十七年前被父親從村子裡帶走的母親。

以及，椿所渴望的力量——

該不會、該不會……夏春秋被驟然竄過腦海的想法嚇到，他無措地看向母親，想要詢問，卻又不知從何問起。

「媽媽是……村子裡的守護神嗎？」

替夏春秋問出這個問題的是一道稚氣又抽噎著的聲音。

夏蘿吸著鼻子，那雙黑亮的眼睛執拗地注視著母親，沒有害怕，有的只是純粹的信賴。

夏伶看著滿臉淚痕的女兒，又看向眼裡盡是孺慕之情的兒子，心底是滿滿的柔軟，她低緩開口。

「我不是人類，也不是神。我只是由一株槐樹所化。村人們相信我會保護村子，稱我爲守護神。」

在講述這段往事的時候，夏伶的神情平靜冷漠。即使代神村的人們信奉她、尊崇她，她卻完全沒有任何感覺，她一直覺得心裡空蕩蕩的，彷彿少了什麼。

「然後，我遇到了你們的父親。」

夏伶眼神一軟，白皙如雪的面孔上滑過眷戀。

「我不後悔與他離開村子。可以擁有舒桐與你們，是我最幸福的一件事。我唯一後悔的是沒有殺了椿。椿很強大，她是力量僅次於我的大妖，只是她一直很安靜，安靜得讓我幾乎忘了她的存在。」

「直到十三年前，她妄圖染指我的東西，所以我封印她的力量作爲懲罰。卻沒想到，她竟然只花上十幾年的時間就解開封印。」

在提及擁有暗紫眼睛的少女時，夏伶的眼神瞬間褪去溫度，就像是冬日結了冰的河水。

這個名字也讓夏春秋渾身一震，他終於知道在槐山小道聽到那幾句話時，閃過腦海的突兀感是什麼了。

母親封住了椿的力量，但椿也詛咒了母親……所以說、所以說，母親的身體才會在五年前毫無預兆地快速衰弱？

夏春秋用力咬住下唇，悲傷與憤怒燒得他眼眶發紅。但他不敢讓夏蘿察覺到異樣，而且他還有更重要的事必須去做。

夏春秋想起廣場上的血腥畫面，想起懸掛在樹上的村民頭顱，以及目前狀況不明的父親與花忍冬等人。

「媽，要怎麼做才可以救爸爸和其他人？」夏春秋著急問道。

夏伶心疼又憐惜地望著他們，在看見夏春秋與夏蘿臉上的堅決後，她低下頭，貼近他們的耳邊。烏黑的長髮隨著這個動作披散而下，掩住她雪白的側臉。

她的聲音透出哀傷。

「這就是我必須告訴你們，但卻百般不願意讓你們去做的事……」

第十一章

槐山小徑兩側的槐樹上，亮著紅光的燈籠正輕輕隨風搖晃，但夾雜在燈籠與燈籠之間的，卻是一顆顆屬於代神村村民的頭顱。

當駭人的一幕映入眼簾時，饒是左容、左易也被驚得釘住了腳步。花忍冬的眼大睜，他顫抖著嘴唇、嘶著氣，看著一張張他無比熟悉，此刻卻一片死白的臉孔，淚水控制不住地奪眶而出。

明明白天時大夥還熱鬧地籌備著祭典，爲什麼一轉眼卻變成了這幅悲慘情景？如果這是夢，誰來讓他快點清醒！

葉心恬早已壓不住恐懼地尖叫起來，地上大片血色刺痛了她的眼。她抱著頭蹲在地上，渾身哆嗦不止。

歐陽明雙腿發軟，險些癱坐在地，但仍拖著腳步走到葉心恬身邊，笨拙地拍著她的背。

左容緊抿著唇，就算她再如何冷靜，也無法看到了那麼多頭顱還無動於衷。她閉了下眼接著再次睜開，將視線轉向葉心恬與歐陽明。

「歐陽，你帶小葉下山吧。」

被點名的歐陽明還沒有反應過來，葉心恬卻已抬起滿是淚痕的臉孔，倔強地瞪大眼，「我不下山！我答應過林綾的，要把小夏他們帶回去！」

只要想起總是婉約微笑的林綾，就算害怕得淚流不止，她也絕不允許自己打退堂鼓。

「那就站起來，別只會蹲在地上哭。」左易的聲音很冷，就連注視對方的眼神也很冷。

同爲雙生子，左容知道這已是目前左易所能展現出的最好態度。爲了下落不明的夏蘿，左易情緒緊繃到了極點，一個不小心就會引爆。

她垂下眼，想起先前接到的那通電話，她無比衷心盼望那是春秋打來的。如果是有人暗中在搞鬼……左容眼神一冷，毫無半絲溫度。

除了左易之外，沒有人察覺左容眼底一閃而逝的冷酷。

葉心恬用力抹去臉上淚痕，她吸了吸鼻子，不讓自己的視線對上掛在樹枝下的頭顱。

「現在……繼續往前走嗎？」儘管嗓音還帶著哆嗦，葉心恬仍強迫自己站起來。

「當然要往前走。」說話的並不是左家雙子，而是繃著一張臉的花忍冬，那雙細長的狐狸眼裡寫滿憎恨。

他的母親被殺、村人被斬下頭顱，就連他最喜歡的林綾也身受重傷，此刻支撐住花忍冬的，是心中對凶手的恨，以及對林綾的承諾。

「歐陽。」花忍冬忽地看向歐陽明，「這一次，人家不會勉強你上山的。」

「花花你不要太過分了！」歐陽明瞪圓了眼睛，「我怎麼可能丟下你們不管，自己一個下山？」

「挺有骨氣的嘛，小胖子。」左易睨了一眼過去，瞧得歐陽明反射性縮了縮肩膀，「現在廢話就不要多說了，時間寶貴。」

左易的這句話如同信號，停在石階上的五人再次邁開步伐，腳步不停地往上跑。

槐山很安靜，除了枝葉被風吹拂的沙沙聲、倉促的呼吸聲，以及奔跑聲之外，就聽不到其他聲音了。壓抑到幾近凝固的氣氛，甚至讓人有種喘不過氣的感覺。

左容、左易在前，花忍冬居中，葉心恬與歐陽明殿後，或矯捷或輕巧或笨拙的腳步聲此起彼落地響起。紅燈籠的光芒灑落在地，更襯得這條小徑詭異又幽深。

越是接近古老槐樹所在之處，眾人的心也懸得越高，盼望著可以在那裡發現夏家兄妹的身影。但當他們踏上最後一級石階，卻只見一名相貌清麗脫俗的少女垂著眼，靠在槐樹前。

少女慢慢抬起頭，右眼的山茶鮮艷如血，暗紫色眸子瞇了起來，彎出妖嬈的微笑。

「晚安，忍冬。林綾的樣子，你還喜歡嗎？」

花忍冬瞳孔猛地一縮，眼底燃起憎恨的火焰，那眼神如同要將對方千刀萬剮。

葉心恬捂著嘴，發出不成調的抽氣聲，身子晃了晃，幾乎要站不住。歐陽明見狀，連忙伸手扶住她。

下一瞬間，花忍冬驟然踢起地上的一根樹枝，抓住它的同時，一個箭步往前衝去。

「花花不要衝動！」歐陽明想阻止他的莽撞，卻還是慢了一步。

左容與左易也立時有了動作，兩人大步直奔而去，左手往身後一抽，竟抽出兩柄薄而細的水果刀。原來在打倒蛛女後，兩人爲了預防萬一，又從其他民宅各取出一把刀。

尖銳的刀鋒閃動著森冷光芒，兩人一左一右朝椿包夾過去。

就在左家雙子與花忍冬距離椿只剩下短短幾步時，地面忽地微微震動了起來，彷彿有什麼要從裡面竄出。

「左容、左易，危險啊！」歐陽明連忙大喊。

「花花！」葉心恬緊張地拔高聲音，「小心腳下！」

但這聲警告還是遲了，只見地面猛然竄出三條泛著尖刺的綠色藤蔓，迅雷不及掩耳地纏上左容、左易與花忍冬的身體，然後緊緊收束，尖刺毫不留情地扎進他們的皮膚，艷紅的血珠滲了出來。

「你們以爲我會傻傻地不出手嗎？」椿掩嘴輕笑，輕靈悅耳的聲音落在空氣中，彷彿濺起一圈圈漣漪。

「芊凝姊，妳快住手！」葉心恬的尖叫幾乎要轉成悲鳴了。

「芊凝、芊凝的……」椿就像是覺得不耐煩地蹙起了眉，「宮芊凝已經死了。」

她無視被藤蔓纏綑住的三人，艷麗的紫色眼睛漫不經心地掃過葉心恬與歐陽明，隨即又移回歐陽明臉上，饒有興味地彎起了唇。

「沒想到除了姑獲鳥的孩子跟一隻小狐狸之外，還有個貪吃的鬼呢。」

她又轉過頭，看向左家雙子與花忍冬。

「那麼，你們呢，又是什麼？」

一會兒過後，她唇邊的笑意越來越深。

「原來如此……是祛鬼師的血脈啊。藏得可真深呢，若不是我已解開封印、拿回力量，還真會被你們糊弄過去。」

她如同自言自語的低喃與風聲融在一塊，沒有人聽得真切，只有周遭樹木彷彿被她清脆的笑聲震動，枝葉劇烈地搖曳起來。

椿的目光來回在幾人身上流轉，下一秒，放肆又愉快地笑了出來。

「咯咯咯，你們真是太讓我驚喜了……這樣我會忍不住期待起來，那兩人又會是什麼身分呢？」

那兩人？葉心恬與歐陽明心底猛然浮現一大一小的身影，夏春秋與夏蘿！

陷在藤蔓之中的左容、左易，以及花忍冬也聽到話中的關鍵字。花忍冬心思轉得快，他鬆開緊皺的眉宇，忽地語調輕快地開口。

「妳那麼想見小夏跟小蘿的話，須要人家借妳手機，把他們找來嗎？」

葉心恬與歐陽明被這句話驚呆了，不敢置信地看向花忍冬。

左易眼神一厲，尖銳的視線就像是要在花忍冬身上扎出一個洞。左容卻低喊一聲胞弟的名字，要他稍安勿躁。

「你的提議眞不錯。」意外的是，椿竟然附和了花忍冬的話，素白的右手一翻，一支黑色手機頓時出現在掌上，「只可惜無法實行。」

那是春秋的手機！左容面孔頓時覆上一層寒霜，無法原諒椿竟然冒用了她最喜歡的少年的聲音。

她的眼神像是要咬人，但手中的刀子卻不著痕跡地調轉了方向，不讓椿察覺地割起藤蔓。雖然刀子每移動一次，藤蔓上的尖刺就會劃破皮膚一些，但左容依然一聲不吭。

左易也是相同的舉動，鋒利的刀刃已陷入藤蔓中，只要再過一會就可以全數割斷。

「妳說妳叫椿，對吧？妳從何而來？又爲什麼要殺掉咱們村子的人？」

花忍冬依舊笑咪咪的，可眼底全無笑意，裡頭只有靜靜悶燒著的火焰。他反手抓住纏繞在身上的藤蔓，即使尖刺扎進了肉裡，卻像是察覺不到疼痛一般。

椿隨意地將夏春秋的手機一拋，一條藤蔓猛地竄出地上，尖如刀鋒的前端竟然硬生生穿透了手機。

「你曾經見過我的，忍冬。」椿的目光再轉回花忍冬身上，看見對方因爲她這聲親密的呼喊而眼露憎恨，不禁優雅一笑，細白的手指比向了那棵古老槐樹。

「我啊，就在你們所崇敬的神明大人的後方。」

花忍冬先是一愣，但下一秒他不敢置信地瞠大眼，想起了那株長在槐樹後方的山茶花。

「爲了不讓你們的神明大人注意到我，我一直很安靜。我看著你們爲她舉辦一年又一年的祭典，我看著她永遠都是一副無聊的表情。直到十七年前的那一天，她帶著不一樣的表情離開了這座村子。」

「我以爲她會永遠地離開，誰知道十三年前她又回來了。她說，她不喜歡有人妄動她的東西，所以封住我的力量，要我好好品嘗一下那種弱小又無能爲力的感覺。噢，對了，忍冬，你是該感激她的，她還斬去了姑獲鳥的翅膀呢，否則你怎麼能順利重返人類世界？」

「不過幸好可愛的芊凝出現了，她讓我躲進她的身體，以自己的靈魂當作我的養分，幫助我解開封印。」

椿將柔嫩的手掌貼向胸口，表情滿足而愉悅，極爲喜愛這具新獲得的身體。

「可惜那時候有些晚了，已錯過去年的祭典。不過沒關係，還有今年。你不是問我爲什麼要殺掉那些人？」椿揚起眼角，笑盈盈說道，「因爲哪，你們是如此地崇敬著封住我力量的神明大人，這讓我感到非常不愉快。而且，比起那些礙眼的紅燈籠，你不覺得將人類的頭顱懸掛在上方，是多麼美麗的畫面嗎？」

花忍冬的眼大睜，秀氣的臉孔瞬間躍上猙獰。抓握在掌心中的藤蔓被他強勁的力道撕裂，原本被禁錮住的身子由半空中落下，足尖沾地的刹那，他又一衝而上。

左家雙子與花忍冬分秒不差地掙脫了藤蔓，他們將鮮血抹上刀鋒，一人朝著椿直逼而去，一人卻是奔向槐樹後方，打定主意向椿的本體先下手爲強。

椿卻是不慌不忙，她唇角挑起，眼裡的紫光越發艷麗，明明是清麗脫俗的臉孔，卻顯得妖嬈無比。

更多的藤蔓從地上冒出，一條朝直奔槐樹的左容襲去，迅烈地狠狠貫穿她的小腿，劇烈的疼痛逼得她驟然失去平衡，狼狽地跪倒在地。

一條藤蔓則是在左易提刀襲來之際，猛地拐了個彎，尖銳的前端毫無預警地扎進他的後背，貫穿右胸，一蓬血花驟然噴薄而出。

「左容、左易！」葉心恬駭然地瞪大眼，發出淒厲的喊叫。

椿挑了一下眼角，兩條藤蔓忽然劈向手無寸鐵的歐陽明與葉心恬，兩人連尖叫都來不及，就被長有尖刺的藤蔓捲住身體，狠狠甩向周邊樹幹。

「小葉、歐陽！」花忍冬睚眥欲裂地吼道。

突然的變故讓他前衝的腳步一頓，但就在這個空隙，一條藤蔓驟然圈上他的腳踝，將他倒提起來，以粗暴的力道砸向另一棵樹。

即使擁有一身怪力，但在強勁的撞擊下，花忍冬還是忍不住痛苦地嘔出一口鮮血，身子無力地從樹幹上滑落，摔至地面。

一向被代神村村民奉為神明領地的古老槐樹四周，此刻充斥著濃濃的血腥味。椿環視著面色蒼白、無力反抗的五個年輕孩子，愉快地大笑起來。

夏春秋與夏蘿從幽暗的森林奔出，遵循著母親的指示來到那棵槐樹所在位置時，卻被眼前的畫面釘住了腳步，呼吸像是瞬間被人掐斷。

「左容、歐陽、小葉！」撕心裂肺的悲鳴衝出喉嚨，夏春秋的臉刷成了慘白，不敢置信地瞪著這如同惡夢的一切。

「小易！忍冬哥哥——！」夏蘿驚駭地放聲尖叫，本就蒼白的小臉此刻更是毫無血色，大滴大滴的淚珠沿著臉頰滑了下來。

左容狼狽地跪倒在地，深色的牛仔褲管已被大片暗紅浸濕。

左易倒在地上，右胸上則是一個深深的血洞。

歐陽明與葉心恬被帶刺的藤蔓緊纏在樹幹上，不斷掙扎，卻反讓更多血珠子迸出傷口。

花忍冬彷彿失去意識一般，虛軟地癱在樹下，一身血污怵目驚心。

夏家兄妹平安無事，對於左容、左易而言彷彿一記振奮劑，一人按著右胸的傷，勉強撐起上半身；一人深吸了口氣，拖著受傷的右腳，艱難站起。

椿卻毫不在意兩人的動作，她專注地看著夏春秋與夏蘿，柔軟的唇角越揚越高。

「眞是讓人開心。來，告訴我，你們究竟是什麼身分呢？」椿慢慢地朝兩人走去，那隻暗紫眼睛就像鎖定住獵物的肉食性動物，充滿侵略性。

母親那句「椿很強大，她是力量僅次於我的大妖」，讓夏春秋反射性將妹妹護在身後，拳頭捏得緊緊的，焦灼的視線不時掃過著葉心恬、歐陽明與花忍冬，思緒飛快翻騰，想著要如何救他們。

就在這時，原本以爲失去意識的花忍冬睫毛顫了顫，悄悄地掀開眼。

他不著痕跡地微動了下，察看目前狀況，發現葉心恬與歐陽明只是被藤蔓勒住身體壓在樹上，暫無生命危險，他又看向夏春秋，恰好與他對上視線，在對方的眼裡看到一抹安心。

在花忍冬看來，那副表情彷彿像下定什麼決心，只差一個契機而已。

他心裡驀地泛出不祥的預感。

與此同時，夏春秋猛地將夏蘿往花忍冬的方向推過去，自己則是拔腿衝向椿。

「小夏！你想做什麼？」花忍冬愕然地拔高聲音。

「小夏停下來！」葉心恬也看到這一幕了，驚慌失措地大叫。

「花花！快點阻止他！」歐陽明被夏春秋的衝動行爲刺激得一顆心提到喉嚨口，險些要跳出來。

「哥哥！」被一把推得跌坐在地的夏蘿發出驚叫，手忙腳亂地就要爬起，卻被花忍冬一把撈住。

「小蘿妳不能過去！」花忍冬將那具小小的身子壓在地上，自己則是強忍著胸口的痛，搖搖晃晃地撐起身體，要去阻止夏春秋送死的舉動。

但是他沒想到，夏蘿爬起來的動作竟然比他還要快，只見黑髮白膚的小女孩忽地從他身旁衝出去，卻是沿著周邊的樹木，想要從另一個方向跑往中心的槐樹。

夏蘿很清楚，兄長這樣莽撞地衝出去並不是想要送死，而是、而是……

她腦海裡響起了母親消失前所留下的話語。

「只要你們其中一人的血滴上槐樹，它就會承認你們的血脈，讓你們繼承力量；但……」

「眞是愚蠢。」椿優雅地抬起手，身邊平空出現許多艷紅色的柔軟花瓣。接著，花瓣驟然向內捲起，化成了一根根尖刺，朝著直奔而來的夏春秋疾射過去。

一根根尖刺扎進夏春秋的身體，鮮血汨汨流出，他發出痛苦的悶哼，眉頭緊皺，卻仍舊不肯停下步伐。

「春秋！」左容的聲音緊繃，就像是即將斷裂的弓弦。她狠狠將貫穿小腿的藤蔓從傷口裡抽出來，也不管這樣做會不會造成自己失血過多，彷彿感受不到疼痛般握緊刀子，往夏春秋趕去。

但下一瞬間，左易駭然的咆哮撕裂夜空，釘住了所有人的動作。

「小不點快閃開！」

夏春秋收住前衝的腳步，他慌張地轉過頭，卻看到一條藤蔓在眾人都未注意到的時候，竟猛地直衝夏蘿而去。

時間就像是定格住了，尖利的藤蔓尖端刺進夏蘿柔軟的腹部，然後拽著她的身子往椿的方向甩了過去。

只見夏蘿如同破敗的布娃娃般摔落在地，大量鮮血從她的身體裡漫湧而出，身邊的綠草轉眼間染上了猩紅色。

「可愛的小蘿，妳這樣糊裡糊塗地跑過來，是想做什麼呢？」椿踩住夏蘿的小手，居高臨下地俯視那張蒼白小臉。

但夏蘿沒有喊出一聲痛，那雙幽黑的眸子瞧見自己的鮮血湧向槐樹，竟像是感到欣喜般地彎了起來，像是兩枚漂亮的月牙。

「妳……」椿莫名心裡一跳，看見夏蘿忽地伸出另一隻小手，貼上她的腳踝，然後無血色的嘴唇輕輕張闔。

「抓到妳了。」

當稚氣軟糯的聲音落下時，古老巨大的槐樹驟然發出淡金光芒，無數光點衝向椿與夏蘿，將她們的身子包圍起來。

在眾人看不見的槐樹後方，那些光點也洶湧地覆住顏色艷紅的山茶花。

椿突然發出淒厲的慘叫，她的身體開始冒出一縷縷白煙，竟如同被火焰灼傷一般，紫色的眼睛透出驚駭，不敢置信地瞪著夏蘿。

「不！妳是、妳是——！」椿哆嗦著嘴唇，眼底的高傲與自信這一刻被蒸發殆盡。

爲什麼沒有察覺到？當她在看到那雙讓自己覺得熟悉又厭惡的眸子時，就該發現到的，那是與夏伶、與代神村的神明多麼相似的一雙眼！

但不管椿的心裡如何懊悔，身上的白煙已越竄越多，她痛苦地環住自己，尖銳的叫聲如同要割破耳膜，那是害怕到絕望的聲音。

開在右眼的山茶花迅速暗了顏色，從原本的艷紅轉爲死氣沉沉的褐色，以肉眼可見的速度捲縮、枯萎，最末一瓣瓣飄落。

歐陽明、葉心恬、花忍冬，以及左容、左易都讓眼前的畫面震住了，只有夏春秋瞬間回過神來，近乎哭泣般地大喊。

「小蘿住手！妳不可以這樣做！」

這句話讓左易驟然清醒過來，他甚至連追問夏春秋的餘力都沒有，咬著牙從草地上爬起，渾然無視傷口被他的動作牽扯得滲出更多鮮血。

但是，不管是左易還是夏春秋，兩人終究還是慢了一步。

倒在槐樹下的夏蘿抬起眼，看向她最喜歡的兩個人，蒼白的小臉上忽然露出一抹笑，稚氣的，卻開心無比的笑容。

「哥哥、小易，再見……」

當最後一字輕輕融進空氣中，夏蘿小小的身子已經被光點全部吞噬，然後，那些光如同有自主意識一般，全數湧回槐樹裡。

沒有人看到後方的山茶花叢已經乾枯，他們只看見椿的身子化作一把灰，沙沙地落在草地上，被風輕輕一吹，轉瞬消失得一乾二淨。

「小蘿！」夏春秋踉蹌地奔向槐樹，雙手拚命敲打樹幹，「小蘿妳出來！爲什麼要這樣做……爲什麼不讓哥哥去就好了呢？」

如果夏蘿還在，她一定會用稚氣的聲音認眞說道：因爲，夏蘿想保護哥哥。

但是，卻再也看不到夏蘿的身影了。

槐樹周遭空蕩蕩的，就連先前從地面竄出的藤蔓也化作輕煙消散。歐陽明與葉心恬狼狽地摔落在地，但兩人連一聲疼都沒有喊，慌張地朝槐樹奔去。

左易睚眥欲裂地瞪著夏蘿先前所在的位置，但那個地方已空落落的，什麼也沒有。他的手指緊捏著口袋裡尚未送出的香包，慢慢地走向夏春秋。

站在夏春秋身後半晌，左易空著的另一隻手驟然伸出，粗暴地扯住他的衣領。

「說！小不點爲什麼消失了？她做了什麼？你們又是誰？」

「放手，左易！」趕過來的左容一把箍住左易手臂，要他鬆開。

但是，以往畏懼左易的夏春秋卻沒有任何掙扎，他垂著眼，以著很輕很輕的聲音說道。

「我們的母親，曾經是這裡的守護神……她告訴了我跟小蘿，殺死椿的方法……」

彷彿沒有注意到其他人震驚萬分的眼神，夏春秋自顧自地說下去，每一字都像是要用上極大的力氣。

「只要我或小蘿的血滴上槐樹，它就會承認我們的血脈，讓滴下血的那人繼承力量……但是，還無法完全掌控力量的人將會沉睡在槐樹裡……直到與力量完全融合的那一天，才會清醒過來。」

夏春秋抬起頭，露出了比哭還難看的表情。

「也許是一年，也許是十年，或者……更久。」

左易怔然地鬆開手，周遭無比死寂，時間彷彿在這一刻靜止了。

然後，夏春秋無力地癱坐在槐樹下，再也忍不住悲傷地放聲痛哭。

尾聲

堇姨的眼皮從傍晚開始就一直跳。

俗話說左眼跳財、右眼跳災，突來的不安讓她沉吟半晌，忽地從米桶裡捻出三小撮米，再數出每一撮的數量。

越數她的神色越發凝重，就連原本執著菸管輕敲桌面的左手都停了下來。

「怎麼了嗎，堇姨？」有著一雙純粹闃黑眼睛的紅衣小女孩下巴抵在桌沿，好奇問道。

堇姨沒有回答，將桌上的三撮米推至一旁，又重新從米桶裡再捻出三撮。

明明是隨心所欲的一抓，根本不可能知道抓出多少，但堇姨再數米粒，卻還是與上一回分毫不差。

這可不是什麼好兆頭，更何況捻出來的還是凶卦。

但是，是誰的凶卦？

堇姨面色凝重，本想要推算一下村裡是不是出了什麼事，手裡的菸管卻無預警一燙。

只有瞬間，卻足以讓她的臉色完全沉了下來。

「堇姨？」小葵有些緊張地喊了一聲，不敢再擺出嘻嘻哈哈的模樣了。

「叫上小成和其他的鬼，五分鐘後出門。」堇姨垂下眼，手指輕輕摩挲著菸管，耳邊依稀又響起那記清冷的女聲。

她希望自己只是多想，希望接下來所做的事不過是多此一舉，只為了換得一個心安。

右眼皮仍舊在跳。

夏舒雁一直在等夏舒桐的電話。

打從知道兄長今天臨時起意要去代神村一趟後，她就磨著對方務必幫她多拍點照片，再順道實況轉播一下懸槐祭。

說來汗顏，聽了那麼多次兄長與大嫂的戀愛事蹟，她卻一直沒有親眼見過那座串起兩人姻緣的村子。

等到夕陽落下，窗外的天空都被染成一片瑰麗的橘紅色，遠遠一看彷彿有火在燒似的，手機鈴聲卻始終沒有響起。

一開始夏舒雁沒有很在意，依她估計，夏舒桐一到代神村之後會先和一雙兒女會合，而且一定會抱著可愛的小蘿不肯鬆手，如同嘮叨的雞媽媽似地問上許多話。

但是等著等著，時鐘上的短針都從6移到7了，放在桌上的手機依舊靜悄悄的。

奇了，不會是真的忘記了吧？夏舒雁納悶地拿起手機，撥了夏舒桐的號碼，鈴聲響了又響，卻遲遲沒有被接通。

莫非她家大哥真的是有了女兒，就徹底忘了妹妹的要求？

夏舒雁越想越覺得有這個可能，決定將取材的希望寄託在可靠的姪子身上。

意外的是，打給夏春秋的電話直接被轉進語音信箱裡。

好吧，也許春秋的手機剛好沒電。夏舒雁自我安慰地想，打開通訊錄搜索起左容等人的號碼。

然而她將幾個綠野高中一年級新生的電話都打了一遍，結果竟是無人接聽。

饒是夏舒雁再樂觀，也覺得事情不太對勁了。

她不死心地重撥起夏舒桐的電話，一次、兩次、三次……手機鈴聲的旋律都快要爛熟於胸了，卻就是等不到另一邊響起一聲「喂」。

就在她深吸一口氣、壓下焦慮，準備再將左容他們的號碼撥打一遍時，響亮的汽車喇叭驟然在外頭鳴了兩聲。

「誰？」夏舒雁懶得走向玄關門，直接由客廳這邊的落地窗跳到院子裡，從矮矮的紅圍牆看出去，只見一輛頗有年紀的老爺車停在門前。

只要是綠野村的人，沒有人會認不得這輛車。

夏舒雁愣了愣，緊接著又是叭叭兩聲傳來，她連忙三步併作兩步地趕到大門前，打開其中一扇墨綠色鐵門。

與此同時，停在外頭的老爺車也降下車窗，露出一張風韻猶存的嫵媚臉孔。

「上車。」

「上車做什麼？」夏舒雁一頭霧水地問，「而且我衣服沒換，鑰匙也沒拿。」

「去代神村。」堇姨輕敲了下方向盤，眼神是罕見的嚴肅，「屋子到時候讓阿藍過來顧著。」

夏舒雁神色一凜，也不管自己頭髮亂糟糟的只用鯊魚夾夾住，腳上還趿拉著一雙拖鞋，當下毫不猶豫就要拉開後車門。

「坐前面，後面滿了。」堇姨主動替她打開副駕駛座車門。

看著空蕩蕩的後座，夏舒雁聰明地沒有問出一句：「哪裡滿了，不是空著嗎？」

她可沒有忘記堇姨的職業與興趣是什麼。

六、七點的時間，天空還滿布晚霞，明亮得讓人以爲夜晚像是不會降臨，可一轉眼，那些漂亮的霞雲就被暗沉夜色吞噬得一乾二淨，快得讓人大吃一驚。

同樣地，堇姨的車速也快得讓夏舒雁吃驚。

從綠野村到代神村原本需兩個小時的車程，在老爺車快要破百的車速下，竟不到四十五分鐘就抵達目的地。

直到夏舒雁雙腳踏上地面，那陣讓人頭重腳輕的暈眩感都還沒散去，她像是虛脫般地倚在車門旁，一邊按著胸口試圖緩和下急促的心跳，一邊抬頭四處打量這座聞名已久的村子。

街道兩旁懸掛著一盞盞紅燈籠，從此處不斷往後方的群山蔓延而去，乍看之下彷彿兩條瞧不到邊際的紅色光帶，襯著黛藍色的夜與別具風情的傳統建築物，顯得美不勝收。

可是太安靜了。

那是一種安靜到聽不見半點兒人聲的死寂。

夏舒雁看著眼前彷彿空城的村子，回想起兄長每回與她形容懸槐祭時的熱鬧喧囂，一股說不清、道不明的不安猛地在心中發酵，她忍不住再拿起手機撥打起兄長與姪子的電話。

鈴聲響到最後，依然被轉進語音信箱。

叭！堇姨忽地重重按下喇叭，刺耳又尖銳的聲音嚇了夏舒雁一跳，也打破街上的沉靜。她驚恐地發現到，沒有任何人出來一探究竟。

「舒雁，上來。」堇姨面色一沉，「我們直接開車去廣場那邊。」

「對，廣場！」夏舒雁眼睛一亮，忙不迭坐上車，「我聽大哥說，祭典在舉行揭幕儀式時，所有村人都會聚集到廣場去。」

堇姨踩下油門，在撲嚕嚕的引擎聲中順著路標指示，飛快行駛到村子中央的廣場邊。

黑夜下，廣場上的篝火明顯遭到外力推撞，柴火四散，有些木頭已被燒得焦黑如炭，有些木頭仍燃著火苗，冒出裊裊白煙，偶爾還會發出幾聲爆響。

除了傾頹的篝火外，地上還橫七豎八地倒著不少紅眼蜘蛛的屍體，本該平滑的水泥地面也坑坑洞洞，遍布著乾涸的暗紅與青色，周邊還有一棟房子牆壁塌了一角。

這個地方簡直像遭遇過一場轟炸似的。

夏舒雁心驚膽戰地下了車，踮著腳尖，小心翼翼繞過那些身形如同幼犬大小的詭異蜘蛛，鼻間盡是焦味與刺鼻的腥臭。

地上不只蜘蛛的屍體，還有好幾個雙眼突出、臉色青紫的陌生人，她顫抖著手指摸了摸他們的鼻間與頸側，無一例外，都沒了呼吸、脈搏。

當她抖著走到由帆布和木頭搭建的舞台前方，看見倒在台上的魁梧男人與台下的秀雅女子時，頓時被駭得肝膽俱裂。

「我的天啊！天啊！」夏舒雁狠狠倒抽一口涼氣，用力捂住嘴，強壓住快要衝出喉嚨的尖叫。

不論男人與女子皆是身首異處的慘狀，大量鮮血還沒完全乾透，在燈光的映照下，反射出讓人不適的光澤與黏稠感。

夏舒雁再也不敢看向舞台，然而可怖的死狀始終在腦中揮之不去。她踉蹌地後退幾步，一隻手無預警地拍上她的肩膀——

「呀啊！」如同驚弓之鳥的夏舒雁忍不住尖叫出來，反射性轉身想打開那隻手，卻反倒被人握住手腕。

「是我，舒雁。」

看著黑色長髮在腦後盤成髻、神情肅然的中年女人，夏舒雁惶惶然地伸手比向舞台，連話都說不利索了。

「堇、堇姨，那裡……那裡有……」

「我看到了……」堇姨嘆息般地說。她的職業與能力讓她比夏舒雁看得更仔細，廣場上除了那些無法瞑目的屍體之外，還有數縷神色空白的幽魂正茫茫然徘徊其中。

「怎麼辦，堇姨，我大哥還有春秋、小蘿……」夏舒雁一向爽朗的聲音已被恐懼填滿，透出了哭腔，連想像親人可能遭遇了什麼都不敢，就怕變爲眞實。

「我讓小葵他們去找人了，一有消息就會立刻回報。」堇姨用力地握了下夏舒雁的手腕，直把對方握得生疼，「妳得振作點，舒雁。」

「振作……好、好，我會振作起來的。」夏舒雁拿出手機，指尖發顫地開啓相簿，飛快滑過數量眾多的相片，最後點進一張四人合照。

那是她與夏舒桐、夏春秋、夏蘿對著鏡頭開心笑著的照片。

可愛乖巧的小姪女、靦腆易害羞的姪子，都是她心中的寶物，她無法想像、也不能容忍如此可怕的事發生在他們身上。

夏舒雁吸了吸鼻子，發出幾聲含糊的抽噎，讓自己回想著與一雙姪兒、姪女相處的點點滴滴，將那些可怕的血色趕至腦後。

堇姨沒有再開口，而是握著夏舒雁的手，步伐沉穩地將她帶離廣場，來到一個看不見篝火與屍體的街角處。

夏舒雁靠著其中一戶住宅的圍牆，緊緊抓住手機不放，不斷吸氣吐氣，好遏止住渾身的哆嗦。

堇姨低垂著眼，搓著菸草，用遠火兜圈的方式讓放進管端的菸草平均著火。若仔細看，就會發現她執著菸管的手指不若之前平穩。

夏舒雁看著堇姨隱在陰影中的側臉，正想開口詢問，兩道稚嫩的童音先一步打破窒息般的沉默。

「堇姨、堇姨！我發現小姑姑的大哥了！」小成從屋頂上跳下來，急吼吼嚷道。

「堇姨！我看到那個戴眼鏡、綁辮子的女孩了！」小葵穿出圍牆，拔高的聲音像是在尖叫。

「我大哥怎麼樣？林綾怎麼樣？他們有沒有事？」夏舒雁反射性就要抓住小成的肩膀，

手指卻撲了個空。

「小姑姑的大哥只是昏過去而已，我檢查過了，沒有事的。」小成拍胸脯打包票。

「沒事就好、沒事就好。」夏舒雁懸得高高的心總算可以稍微落下一些，隨即又緊張地看向小葵，「林綾呢？她還好嗎？有沒有跟春秋他們在一起？」

「她、她……」小葵不只手指發抖，就連聲音都顯得倉皇失措。

夏舒雁的心又沉了下去，胃裡像是被塞進了冰塊。

「小葵，慢慢說。」堇姨從陰影中直起身來，她的聲音又低又緩，好似帶著安撫人心的魔力，「林綾的狀況如何？」

「她……」小葵絞著紅洋裝的裙襬，頭低低的，聲音細若蚊蚋，「她快不行了。」

「快不行是什麼意思？」夏舒雁不自禁地屏住呼吸。

「就是……」小葵怯怯地抬起頭，露出快要哭出來的表情，「她的胸口跟腹部不知道被什麼溶解了，整個陷下去，還流了好多血。我可以感覺得到身體裡的靈魂還在，可是很微弱，我不確定她還能撐多久……」

夏舒雁的身子晃了晃，要不是及時扶住牆壁，整個人就會虛軟地滑坐在地。

「我知道了。」堇姨飛快閉了下眼再重新睜開，心裡已有了打算，「妳去顧著林綾。小成，你負責守著舒雁的大哥。」

「好的。」小葵與小成乖巧地點點頭，分別從兩側圍牆穿過去。他們才剛剛消失，又有更多聲音此起彼落地響在街道上。

「堇姨。」

「有很多屍體。」

「在墓園。」

「在學校操場。」

「在巷子裡。」

夏舒雁越聽越心慌，咬住下唇、捏緊拳頭，惴惴不安地四處張望，卻始終看不到說話者的身影。好半晌，才想起像她這樣的一般人是看不見鬼的，除非它們像小葵、小成那般，主動現出身影。

「那幾個孩子呢？找到了嗎？」堇姨沉聲問道。

「找到了。」

「在山上。」

「在山上？哪邊的山？」夏舒雁心急如焚地問。

清晰的說話聲不見了，取而代之的是一陣窸窸窣窣聲，就像那些鬼魂在竊竊私語。

夏舒雁聽不眞切，但堇姨的臉色卻變了，眉頭越鎖越緊，最後朝虛空中輕微地點了下頭，執起菸管吸了一口，吐出的白煙彷彿被一隻無形的手越拉越細，牽引著往某處飄去。

「走吧，舒雁，我們得去帶他們下山。」

槐山的小路很安靜，僅有風聲、枝葉摩挲的聲音迴響在耳邊。

月光微弱，即使隱約可見槐山山腰處有紅光透出，但在斑駁樹影的遮掩下，亦無法充當這條山路的照明。

夏舒雁舉著手機，手電筒的光芒呈扇形般在眼前散開，照出底下的石板，也驅逐了部分幽暗。

堇姨就走在她身邊，偶爾會執起菸管，將吸口放進嘴裡，再緩緩地吐出煙圈。

就如同在山下村子那時，這些裊裊白煙會化作細長的線條，輕飄飄地往前游動，等到白煙完全散逸後，堇姨就會再重複同樣的動作。

山中靜謐，堇姨與夏舒雁也同樣沉默。

一人神色平靜，帶著一抹好似已看到了結局的悵然。

一人則是強作鎮靜，心思兜兜轉轉，腦海裡總會不經意閃過上山前那一句嚴厲的吩咐。

「別抬頭，舒雁，千萬不要抬頭。」

爲什麼不能抬頭？抬頭會看到什麼嗎？夏舒雁雖然百思不得其解，但堇姨身爲綠野村師婆的威信讓她無條件選擇聽從。

兩人走著走著終於來到槐山中段，小道兩邊的槐樹上陸續出現一盞盞被點亮的紅燈籠。那是懸槐祭的傳統，是爲了替神明大人照亮通往山下的小路。

照理說，這是一條神聖不可侵犯的小路，可是夏舒雁卻聞到一股嗆鼻惡臭，還有濃得彷彿要淹過肺部的血腥味。

她拿著手機的手忍不住顫了顫，垂下的眼看到從腳下往前延伸的片片石板都濺著暗紅色的不明液體，有些已經乾涸，有些還帶著濕濡感。

除了石板之外，兩旁泥土的顏色更是深得不可思議，夏舒雁不知道是這邊的泥土本就是這麼深，抑或是……

「別抬頭，舒雁，千萬不要抬頭。」

堇姨的話再次在耳邊響起，夏舒雁拿眼角餘光覷了眼身旁的人，發現她神情凜然到了凌厲的地步。

有好幾次，夏舒雁都想知道堇姨究竟是看到了什麼才會露出這種表情，反射性就要抬頭往上看，但最後還是強自按捺下來。

*往前走，別抬頭。*她在心裡默默地說。

紅燈籠的光與手電筒的光交織在一起，讓人心煩意亂，她乾脆關掉手電筒的ＡＰＰ，螢幕暗了下來，卻也清楚映照出被風吹得微微晃動的紅燈籠，以及同樣被黃絲帶懸掛在槐樹下的頭顱。

夏舒雁駭然地瞠大眼，雙腳一軟、跌坐在地，終於知道原來人類在過度驚嚇的時候是連尖叫都發不出來的。

「舒雁？」堇姨迅速回過頭，在看到她手裡握著的手機螢幕光滑如鏡，清晰反映出周遭景物時，立即意識到發生什麼事了。

誰又能預料到，夏舒雁會以這樣的方式看見被鮮血與屍首褻瀆的山神小路。

「堇、堇姨……」夏舒雁從手指到腳趾都在發抖，連牙齒也在格格打顫，明明恐懼得不得了，卻還是斷著氣、擠出聲音，「春秋、春秋和小蘿他們也……也看到這些了？」

「我不知道。」堇姨搖了搖頭，「但，或許。」

夏舒雁臉色蒼白，細細的冷汗幾乎要打濕耳邊的鬢髮。她哆嗦著將手機塞進口袋裡，笨拙地想要爬起來。

也許是腳下的石板太滑，也許是刺鼻的鐵鏽味嗆得她心神不寧，試了幾次都沒有成功，反倒是狼狽地跌回原處，褲子與掌心都沾上黏膩膩的紅色。

堇姨不忍地伸手拉起她，直到確認她已穩住身子，不再腳步踉蹌後，才鬆開手。

夏舒雁閉上眼，大口大口地呼吸，垂在身側的兩隻手握得緊緊的，指節因爲用力過度而發白。

「讓我、讓我緩一緩……」夏舒雁說話的聲音是抖的，每個字都費了極大的力氣從牙關裡迸出來，「我必須、必須冷靜下來……我是他們的小姑姑，我不能比他們更害怕……」

堇姨一言不發，耐心地在一旁等著。

好半晌，夏舒雁才終於停止顫抖，她慢慢吐出一口氣，鬆開捏緊的雙手，掌心一片血污，已不知是爬起來時弄髒的，或是混著新傷口滲出的血。

「妳做得很好，舒雁。」堇姨輕拍了拍她的手背。

「那當然，我可是他們的小姑姑。」夏舒雁勉強彎起嘴角，主動邁出步子，繼續往山上走。

槐山的小路終有盡頭。

當她們踏上最後一階石板，眼前延展出去的是一塊略顯平坦的空地，柔軟的綠草鋪滿地面，一棵棵槐樹則是呈圓環狀地將這塊地包圍起來。而在空地中央，是一棵比其他樹木高大不知多少倍的古老槐樹。

夏舒雁一眼就看到巨大槐樹前或坐或站的孩子們，欣喜才剛湧上心頭，就迅速被更大的恐慌蓋了過去。

夏春秋、葉心恬、花忍冬、歐陽明、左容、左易都在，但是——

沒有夏蘿。

「小蘿呢？」夏舒雁乾巴巴地問道。

她與堇姨的出現讓夏春秋等人不敢置信，以為自己在作著一場夢。

「小蘿在哪裡？」夏舒雁又問了一次，她的聲音放得極輕，好似害怕音量若是大了一點兒，會驚醒什麼人。

葉心恬滿臉淚痕地搖搖頭，將臉埋進屈起的膝蓋間。歐陽明與花忍冬都是一副失魂落魄的模樣，他們張著嘴，卻一句話也說不出來。

左容就坐在夏春秋旁邊，緊緊握著他的手，臉色蒼白，褲管浸染了大片讓人心驚的紅。

「小姑姑……」夏春秋神色慘然地抬起頭，僅僅說了三個字就泣不成聲。

這是夏舒雁第二次看見姪子哭得如此悽愴、如此絕望——第一次是在他們母親的葬禮上。

她忽然忍不住轉頭看向左易。

「她救了我們，現在沉睡在槐樹裡，不知道什麼時候才能醒來。」

那名紅髮少年面無表情地站在一旁，以不帶溫度的語氣說明了整件事，毫無人氣得像是一尊雕像，但是夏舒雁卻注意到他手裡的刀子越攢越緊。

下一秒，左易竟是發狠般要將刀子捅進槐樹裡，好似這樣做就可以讓他挖出被吞進裡頭的黑髮小女孩。

「住手！左易！」歐陽明離得近，被他的舉動駭得大驚失色，爆發出與圓胖身形不符的靈敏，一骨碌跳起，死命拽住他揮刀的手臂不放。

「放手！」左易咬牙切齒地咆哮。

「是你得放手，左易。」堇姨用菸管輕輕撥開那把刀，低緩沙啞的聲音帶著一股淡淡的憐憫。

左易的表情出現剎那的扭曲，但握住刀子的手卻慢慢地垂了下來。他掙出歐陽明的箝制，捂著胸口上的傷，搖搖晃晃地轉身就走。

誰也沒有出聲喊住他。

堇姨緩步走上前，將手裡的菸管放在樹下，仰頭看著高聳入雲的古老槐樹，一會兒過後，才輕聲開口。

「我來把妳的東西還給妳了，夏伶。」

明明沒有風，茂盛的枝葉卻忽地搖晃起來，沙沙、沙沙的聲音連成一片，好似要撼動整座山。

「堇姨？」夏舒雁茫茫然地問。

點點金光瞬間從菸管浮出，越來越多、越來越多，彷彿整片星辰從空中墜落下來，一時之間竟耀眼得難以直視。

那名相貌嫵媚、長髮盤成髻的中年女人仍舊背對著他們，誰也看不到她臉上神色是喜是悲，只有低啞且平靜的嗓音幽幽響起。

「十三年前，夏伶交付我一件事。」

「媽媽……？」熟悉的名字讓夏春秋忍不住抬起頭，頓時讓眼前這一幕震懾住了心神。

「是的，春秋，你的母親用槐樹枝製出這根菸管，將部分力量封在裡頭。她吩咐我，如果有一天你或小蘿被槐樹承認血脈，讓我把這東西送回來，它可以幫助你們更快地掌控力量。但，究竟能縮短多少時間，我不清楚。」

從菸管溢出的金色光點緩緩繞著粗壯的樹幹轉了一圈後，突然一口氣全部衝進槐樹裡。

下一秒，只見繁茂的枝葉晃出更加劇烈的沙沙聲，螢綠色的光絲一縷縷地從枝條、從葉梢流竄而出。

它們牽掛地擦過花忍冬、葉心恬、歐陽明、左容的額頭。

戀戀不捨地環抱住夏舒雁與夏春秋。

打招呼似地滑過堇姨的手背。

接著，所有光絲沿著那條鋪著石板的小路往下流轉，在經過那名負傷的紅髮少年身邊時，溫柔地拂過他的頰邊，再如同海潮般地漫過代神村。

一縷光絲鑽進了一戶住宅的客廳裡，在小葵緊張的注視下，眷念地蹭過林綾的額頭，然後又飛快地退出去。

操場上的天賜伯覺得眼角的淚好似被誰輕輕揩過，他抬起眼，只看見光的尾巴溜走。

蜘蛛消失了，篝火熄滅了，那些不瞑目的村人與遊客的眼皮也被闔上，溫暖的螢綠色光芒將他們包裹在其中，直至他們的形體淡得再也看不見，從此長眠在這塊土地。

從這天起，代神村逐漸消失在世人的記憶中……

而夏蘿，仍然沉睡在槐樹裡，不知何時才會醒來。

〈懸槐祭〉完

番外 他們的再聚首時間

「心恬、心恬，妳好了嗎？我們要出門囉，快點快點！」興奮又雀躍的聲音在門外響起，不時還伴隨著幾道與其說是催促不如說是製造熱鬧氣氛的敲門聲。

「不是還有五分鐘嗎？」

寢室裡雖然傳出一聲沒好氣的回應，不過房門還是打開了，葉心恬拎著小包包從裡頭走出來。

在看見擠在門外的四名女孩都穿著黑色學士服，她的眉梢不禁挑了挑，以略帶嫌棄的眼神一一掃過同學。

「穿這樣去酒吧？妳們認真的？」

「當然囉，慶祝畢業啊！」一人理所當然地點點頭。

「學士服可是畢業生的特權呢。」

「哎，說不定酒保還會讓我們免單。」另一名女孩笑嘻嘻地接著說，「妳也去換上嘛，這可是妳最後一天當畢業生了。」

「我才不要，穿起來又不好看。」葉心恬眼裡的嫌棄更深了。如果是以前的她，一定會不客氣地說出「醜死了」三個字，但是可以讓她這麼毫無顧忌的人已經不在身邊了。

「哎唷，穿嘛穿嘛。」幾個女孩將她推進寢室，不由分說地替她套上寬鬆的學士服。然後一人拿出手機，示意大家把腦袋挨在一塊，她再將手舉得高高的，俐落地來了張全體自拍。

「登登，美麗的五朵花。」

葉心恬湊過去看一眼，雖然還是不太喜歡黑色的學士服，但被同學亢奮的情緒感染，看久了也就勉強覺得順眼了。

「好啦，美女們，我們該出發了。」幫大家拍照的女孩收起手機，興高采烈地一手勾一個，「帥哥跟酒可是不等人的，今天晚上不醉不歸。」

「不醉不歸！」其他幾人也起鬨地跟著喊了聲，走廊上迴盪著女孩嬌俏又活潑的歡呼。

「別鬧了，我一個人可沒辦法扶四個酒鬼回來。」葉心恬受不了地搖搖頭，但紅潤的嘴唇卻還是忍不住彎了彎。

今晚要去的酒吧在哪、叫什麼名字，其實葉心恬到出發前都不知道。同學們一直神神祕祕地說那裡的調酒很棒、負責調酒的酒保更棒，又帥又酷，一定是葉心恬喜歡的類型。

她們還說，葉心恬身爲系花，大學四年卻一個男朋友都不肯交，看起來又不像心有所屬，那麼一定是眼光特別挑，身爲好姊妹的她們自然要幫忙找個好男人。

總不能讓葉心恬都大學畢業了，還什麼經驗都沒有。

她們振振有詞的模樣讓葉心恬悄悄翻了個優雅的白眼。

隨著計程車行駛的路線越來越熟悉，最後在一扇厚重銅色大門前停下，葉心恬忍不住瞠大一雙美眸，看看同學，又看看那家名爲「Steampunk」的酒吧。

一時間，她都不知是該笑還是該吃驚。

原來同學們拍胸脯打包票的地方竟然是熟人打工的店。

女孩們將葉心恬的反應當作是驚喜交加，妳推我搡地將葉心恬推進了酒吧裡。

酒吧的裝潢就如它的名字一般，隨處可見齒輪、鐘錶、軸承、旋紐、管道等元素，營造出錯綜複雜並充滿序列美的復古機械風格。

搖滾風的音樂熱鬧但不會過分吵鬧，維持在可以讓客人挨近聊天，又能撩動舞池氣氛的音量。

黑色的學士服在酒吧裡很是惹眼，幾個女孩一踏進店裡立即獲得不少注目。尤其是葉心恬，她相貌明媚，一雙貓兒眼揚起時更添艷麗，勾得不少男性心癢癢的，紛紛關注她會在哪個位子坐下。

在看到她們毫不猶豫地走向吧台，目標顯然是那名綁著馬尾的高挑酒保後，不由得扼腕地咂了下舌。

「妳看、妳看，是不是超帥的啊？」女孩們興奮地與葉心恬竊竊私語，還不時推了她的肩膀幾下，「快去跟他點一杯酒，想辦法搭訕他。」

「妳們呢？」葉心恬微微偏過頭問道。

「我們要去跳舞，晚一點再過來找妳。加油，心恬，妳一定可以拿下他的！」

「我加什麼油啊。」葉心恬嘟嘟囔囔。她的聲音很輕，一下子就被音樂蓋過，同學們更是不可能聽見。

她們朝葉心恬又是眨眼又是揮手，在看見葉心恬終於在酒保面前坐下，才興沖沖地挽著手，一塊往舞池走去。

而那名被葉心恬同學們評鑑爲極品，長得又帥又酷還綁著馬尾的酒保，在看見葉心恬後，竟是微微地揚了下唇角。

這抹笑意頓時讓對方冷漠的臉部線條柔和許多，也讓一直關注吧台情況的女客人看得心跳加快，甚至忍不住用眼刀剜了葉心恬幾眼。

得天獨厚的外表讓葉心恬早已習慣那些羨慕又嫉妒的眼神，她撩了下長長的鬈髮，對那些眼刀子根本不痛不癢。

「要喝什麼？」酒保瞄了下她身上的黑色學士服，「我請客，慶祝妳畢業。」

「妳決定就好。」葉心恬隨意擺擺手，只有一個附註，「顏色要漂亮。」

是的，是妳，不是你。

這名綁著長馬尾的酒保其實是不折不扣的女兒身，只是因爲外表中性俊美、個子高挑，再加上聲音也偏低，一旦換上男裝，若沒有特別解釋，見到她的人十個有九個會將她誤認爲男性。

看著吧台後的酒保俐落地調著酒，葉心恬一想到同學們誇得天花亂墜，想要替她牽線的對象居然就是左容，唇角的弧度怎麼壓都壓不住。

或許是她的笑意太明顯，引得左容遞來一記詢問的視線。

「我跟妳說。」葉心恬往前傾了傾身子，以分享祕密般的語氣開口，「我同學們想幫我找個好男人，沒想到卻找到妳這邊來。」

「抱歉，我死會了。」左容挑了下眉，遞出一杯淺綠色的酒，杯緣還裝飾了一根小小的紅白相間的拐杖糖，看起來很是可愛。

「這個叫什麼？」葉心恬捧起酒杯舔了一小口，嚐到薄荷巧克力般的味道，「甜甜的，眞不錯。」

「綠色蚱蜢，用淡奶油、薄荷利口酒和白可可利口酒調成的。」

「蚱蜢，嗯……」葉心恬吐了吐舌頭，「就不能再取個可愛一點的名字嗎？」

「小步舞曲如何？」左容問道。

「什麼？」葉心恬納悶地眨眨眼，「曲子嗎？聽起來是滿可愛的。」

「另一款調酒，以琴酒爲基底，再加入迷迭香與水蜜桃利口酒做點綴，之後再調給妳喝。」左容一邊擦著酒杯一邊說明，毫不遮掩右手無名指上的戒指。

葉心恬的目光忍不住隨著那一圈細細的銀色轉來轉去，左容一放下杯子，她立即捉住那隻骨節分明的手，拉近到眼前。

左容絲毫不介意她的舉動，甚至還配合地張開五指，讓葉心恬能瞧得更仔細。

「春秋選的，好看吧。」

這句話的結尾不是詢問，而是肯定的語氣，葉心恬認識她七年了，又怎會不清楚左容與夏春秋的故事？

不容易啊，這兩人。雖然對彼此都有好感，但在經歷了代神村事件後，夏春秋的情緒有一陣子極爲低落，卻還是強撐著笑臉，讓人看得心疼又不捨。幸好左容始終陪在他的身邊，兩人直到大學時才正式交往。

現在左容亮出了無名指上的戒指，就表示好日子近了。

「打算什麼時候結婚？」葉心恬興致勃勃地問。

「等小蘿醒來吧，我想讓她當我的伴娘。」左容看了她一眼，「還有妳。」

「總覺得妳後半句是臨時想到補上去的。」葉心恬噘了下嘴，但也不是很眞心地抱怨。

她試著想像一下左容穿上婚紗的模樣，但不知道爲什麼，腦海裡出現的反倒是一身筆挺西裝的左容，與新娘禮服打扮的夏春秋。

這畫面讓她忍不住偷偷地樂了。

「那小蘿醒來後一定會很忙，妳跟小姑姑都指名要她當伴娘，就連花花也說要先替林綾預定……」葉心恬說著說著，原本上翹的紅潤嘴唇又慢慢地拉平了，指尖無意識地摩挲著沁出水珠的杯壁。

七年前的代神村事件，因爲堇姨的出現，讓他們對小蘿的甦醒重新燃起了希望。即使時間一年又一年地從指間流逝，他們也始終堅信總有一天會再見到睜開雙眼的小蘿。

畢竟堇姨可是綠野村最有威望的師婆兼守墓人，她說出口的話從來不摻雜半點謊言。

這也是爲什麼葉心恬在與左容聊到夏蘿時，兩人的態度可以如此坦然。

可是林綾……只要一想到這個名字，葉心恬的心就會忍不住一抽，無法呼吸的感覺再次漫湧上來。

「深呼吸，小葉。」注意到那張明媚的臉龐驟然一白，左容低聲安撫。

葉心恬閉上眼，依她的話做了個深呼吸，讓空氣順利流進肺部裡，才總算穩定住心神，再次睜開眼睛。

「伯父怎麼說？」左容關切地問。

「……一樣。」葉心恬垂下長長的睫毛，拿起酒杯上的拐杖糖咬了一小口，讓沁涼的薄荷味洗去嘴裡的苦澀。

「還是不讓人見林綾？」左容從她的表情就可以判斷出事情並沒有進展。

「嗯。」葉心恬低落地回了一聲，耳邊依稀又響起那道溫婉似水的嗓音。

「離開……村子後……把我送回黑岩村……交給我的父親……那麼，我或許就有機會活下來……」

七年前的那一天，他們依照吩咐這麼做了，將氣若游絲的林綾送回黑岩村，卻沒想到再也無法見上她的面。林綾的父親，那名沉默寡言的人偶師父，用客氣但又隱含堅持的態度拒絕了葉心恬等人的拜訪，只說林綾須要休養很長一段時間，等她完全康復後會再通知他們。

要不是林綾的母親不忍他們一而再、再而三地吃閉門羹，私下透露了林綾的狀況，葉心恬發誓，私闖民宅這種事她是做得出來的。

一想到林綾仍然陷入原因不明的沉睡中，葉心恬心裡就是一酸，那股酸意甚至都快要從眼角蔓延出來了，只是被她強逼回去。

抬頭看見左容神色雖然平靜，但細長的眼流露出隱隱關心，葉心恬忙不迭打起精神。

「我沒事，林綾一定會好起來的，我可是要當她的伴娘呢！」

「那我就勉為其難當花忍冬的伴郎吧。」左容一本正經地說。

「不要啦，妳會把新郎的風頭都搶光的。」葉心恬被逗笑了。左容這身酒保制服的帥氣模樣就已迷得不少女性神魂顛倒，若是穿上正式西裝，不知會引起多大的騷動呢。

吧台另一邊有客人正在向左容招手，她向葉心恬交代一句「我待會回來，一個人注意些」，就暫時離開了。

眼見這名容姿明媚的長鬈髮女孩終於落了單，有幾個男客人不禁蠢蠢欲動，端著酒杯從自己的位子站起，準備走向葉心恬。

就在這時，酒吧的銅色大門又被人推開了，一道圓滾滾的身影與上前迎接的侍者說了幾句話，就熟門熟路地往吧台走去，甚至還一屁股坐在葉心恬隔壁。

旁邊突然有人落坐，讓正在小口小口咬著拐杖糖的葉心恬下意識瞥了一眼。

然後一雙美眸頓時瞠得大大的，手裡的糖差點就掉進了酒裡。

「畢業快樂，小葉。」歐陽明笑呵呵地遞出一束玫瑰花，然後才拿出手帕擦擦汗。

「你、你怎麼知道？」葉心恬傻愣愣地接過花，看著紅的粉的白的玫瑰花被紮成一束，濃馥的花香盈滿了鼻間。

「妳不是有在群組上說妳今天畢業嗎？」歐陽明疑惑地反問。

「不是啦，我是說你怎麼知道我在這裡？」葉心恬將小半張臉埋在玫瑰花裡，悶聲說道，才不會告訴歐陽明她被這束花感動得有些鼻酸。

「哈哈，是左容傳訊跟我說的。」歐陽明左右看了下吧台，很快就發現那名綁著馬尾的高挑酒保，舉起手朝她揮了揮。

左容正在替客人調酒，僅是輕輕地頷了下首，當作是打招呼。

葉心恬連忙拿出手機，點進群組一看，果不其然，半小時前的未讀訊息是左容發出的。

「她動作也太快了吧。」葉心恬努力回想了下，吧台後的左容不是在調酒就是在擦杯子或整理酒瓶，到底是怎麼抽空傳LINE的？

「左容嘛。」歐陽明看向被幾名女客包圍的好友，用這三個字總結一切。

「說得也是。」葉心恬被說服了，再多不可思議的事情只要扯上左容，好像就會變得合情合理了。

兩人絮絮叨叨地聊起畢業典禮、聊起各自近況。歐陽明喜歡吃——就算現在待在酒吧裡，他還是不忘邊說邊往嘴裡塞巧克力——創了一個粉絲團，專門分享他四處走透透的美食與旅遊資訊，頗受好評。

葉心恬則是與兄長葉瑞成立的經紀公司簽了約，之前課餘時便有在接拍平面照。

「對了，小葉，妳爸媽還好嗎？」歐陽明想起前陣子鬧得沸沸揚揚的新聞，關心問道。

葉心恬的爺爺過世後，葉氏一族的華榮企業就爆發了爭產風波，其他幾房爲了爭奪經營權與遺產，一步步拔除葉心恬父親的董事長職務，就連紫晶村的大宅也落入親戚手裡。

這些私事葉心恬也只告訴歐陽明等人，大學同學根本不知道她的家世背景曾如此輝煌。

面對歐陽明關切的詢問，葉心恬的回應是拿起手機，打開臉書頁面，讓他看看父母的打卡動態——竟然是美國佛羅里達州的迪士尼樂園。

「他們現在玩得正開心呢。」想到不斷傳照片向她炫耀的父母，葉心恬都想翻白眼了，「我昨天吩咐過爹地，要他千萬別去玩那些太刺激的遊樂設施，他跟媽咪可是不年輕了。」

「那……公司？」

「公司就讓那些叔叔、伯父們去操勞吧，反正也跟我們家無關了。」她聳聳肩，說得漫不經心，指尖滑過歐陽明送的玫瑰花束，「而且……華榮也撐不了太久的。」

最後一句話放得極輕，一下子就淹沒在酒吧的音樂裡，沒有人聽得眞切。

「妳覺得好，那就一定是好了。」歐陽明憨厚地笑了笑，沒有再更深入地追問，而是與葉心恬聊起了他前幾天與葉瑞一塊去探訪深山裡小店時，居然意外遇到正在環島的花忍冬。

「原來就是你！」葉心恬瞪大了眸子，用手指尖戳著歐陽明的胸膛，「我還想說我哥怎麼會突然休假。」

「咦？他沒跟妳說嗎？」歐陽明比她更吃驚。

「沒有，神神祕祕的。早知道是你的話，我就跟過去了。」葉心恬沒好氣地噘噘嘴，但詫異過後，很快就注意到歐陽明的句子裡還出現另一個熟悉的名字。

「你遇到花花了？」她確認般地問道。

「對啊，真的有一種世界好小的感覺。」歐陽明忍不住發出感嘆。

在他們幾人之中，花忍冬是最快修完大學四年級學分的。一考完期末考，他就直接辦了離校手續，連畢業典禮都沒參加，一個人跑去環島了。

「還有四天就要去看小蘿了，他來得及嗎？」葉心恬有些憂心地蹙起眉。代神村事件過後，他們除了各自會找時間回去那個地方看看之外，每一年都會約個時間大家一起去槐山。

「來得及的。」

回答的人不是歐陽明，而是重新回到這區吧台後的左容，她手裡還端了杯顏色像是咖啡牛奶的調酒。

歐陽明正口渴，立即眉開眼笑地接過來。好在他還記得這是含酒精的飲料，沒有一口喝光，而是慢慢啜飲著。

左容像是會讀心般，葉心恬還沒問出口，就淡淡說道：「亞歷山大，用琴酒、白可可酒與鮮奶油調製，再加些豆蔻粉。春秋昨天有跟花忍冬確認過，那一天他會回去代神村的。」

「妳也太……」葉心恬聽得瞠目結舌。太厲害？太神奇？她還真不知道該怎麼形容了。

「因爲是左容嘛。」歐陽明用這句表示一切，順道問起夏春秋的幼教實習還順利嗎？只要一提起那名笑容靦腆的黑髮青年，左容的眼神就越發溫柔。

他們聊了很多事，但自始至終，對話裡都不曾出現過一個名字。

左易。

代神村，舊名黃槐村，每一年都會舉辦爲期三天的懸槐祭，以酬謝山神庇佑。

但從七年前的某一天開始，這座村子連同村裡的人，以及那些前來參加祭典的遊客卻徹底消失了。一點兒徵兆也沒有，就像是被看不見的力量抹去了存在。

這個聞所未聞的詭異事件在媒體的報導下轟動整個社會，有人說代神村定是被屠戮一空了，也有人說是超自然的力量在作祟，抑或是一夕之間遭遇天災而被埋沒。

眾說紛紜。

甚至有不少人依照代神村在地圖上的位置前往一探，卻只看到無盡的荒煙蔓草。即使派出大型機械挖掘，也一定會出現故障、無法進行，進而覆上了一層神祕色彩。

久而久之，這座消失的村落又被稱爲神隱之村。

這一日，這個許久無人造訪之處出現了一名訪客。

與那些看不到、尋不著的世人不同，這名相貌秀氣、有著一雙細長狐狸眼的青年，所看見的景象不是一片荒蕪，而是一幢幢櫛比鱗次的屋子，以及掛在街道兩側的紅燈籠。

渾厚的擊鼓聲彷彿下一秒就會響起。

一切都與七年前毫無二致。

青年在村口站了好一會兒，直到背影幾乎要與陽光融在一塊，才有了動作。

他前進的腳步雖緩慢，卻沒有尋不著方向的遲疑，好似對村子裡的一切如此熟悉。

只見他越走越偏離屋舍眾多的街道，周邊的景色漸漸變成一畝畝竄滿雜草的田地，隱約可見一幢兩層樓的古樸建築物就座落在村子角落。

青年推開院子大門，看見可樂瓦鋪蓋的屋頂、側柏建成的牆壁，以及那口早已乾涸的古井。

他捏緊拳頭，如同藉著這個動作穩定心緒，甚至還做了一個深呼吸，強迫自己把視線從古井移開，繼續往大門緊閉的屋子走去。

只是這一次，他的手指懸在半空，遲遲無法推開那扇門。

「為什麼不打開呢？」

有誰的聲音婉約響起，像是淙淙流水一般，輕柔地飄散在空氣裡。

青年身子一震，不敢置信地回過頭。當他眼底映入一道纖細的身姿時，瞳孔驟然一縮，像是被剝奪了說話的能力，大腦除了空白還是空白。

一名綁著長辮子的恬靜女孩就站在他身後不遠處，白皙的臉龐優雅如昔，鏡片後的眸子彷彿流轉著一池水光，讓人幾乎要沉溺其中。

她較記憶中的模樣成熟了幾分，但那眉那眼仍是他無比熟悉、思思念念，銘刻在心底的輪廓。

「好久不見了，花花。」

花忍冬怔怔地望著對方，他看見長辮子女孩對他微微一笑，彎起的柔軟唇角仍舊停佇著屬於那一年的繁花盛綻，歲月靜好。

他瞬間只覺得自己如墜夢中，想要時間就此停止。

「妳什麼時候醒來的？妳的身體……已經完全康復了嗎？」花忍冬的聲音放得極輕，深怕自己只要發出大一點聲響，就會打破這場美好得讓人想哭泣的幻覺。

「昨天醒來的。」林綾垂下眼，輕輕將手掌貼向心口，「身體的話，你不須要擔心，我的父親……是世界上最優秀的人偶師父了。」

她說出這句話的時候，神情還是一貫的恬淡，可是垂在身側的手卻不自覺地握起，從纖長睫毛下探出的視線帶著一絲忐忑。

這句話彷彿要把她的祕密曝露出來。

花忍冬只是安靜地看著她，眼神專注到執拗的地步。

「我來，只是想要向你要一個答案。」林綾輕聲開口，「如果我不是人類的話，你……還會喜歡我嗎？」

「開什麼玩笑！」花忍冬像是被這句話驚醒一般，大步走上前，一雙狐狸眼瞪得大大的，擲地有聲地說，「不管妳是人是妖怪，人家就是喜歡林綾妳啊！」

他的聲音緊繃，手指顫抖地抓住對方細白的手腕，當微涼的體溫滲進他的掌心裡時，他才真真切切地感受到自己並不是在作夢。

「我也、很喜歡你……真的、非常喜歡……」林綾輕聲說道，淚水從眼裡滑了出來。

那一天過後，即使父親已經替她雕刻了新的身體，她卻因爲靈魂受損太嚴重，被困在黑暗之中，無法言語、無法動彈、無法視物，但她一直可以聽到有誰的聲音在耳邊響起。

有父親，有母親，還有……

「花花……你到底錄了多少影片啊？」林綾想要笑罵他一句，但是聲音卻不受控制地哽咽起來，淚水也越滴越多。

「很多很多吧。」花忍冬也想不起那些影片檔的數量了，他只是貪婪地緊盯林綾不放，「咱們不是約定好了嗎？以後要一起去海邊、去山上，去看許許多多的風景……人家就想，趁著妳還在休息的時候，先去勘察下路線，等妳醒來之後，人家就可以準備好多好多的地點讓妳選擇了……」

所以花忍冬拚命地半工半讀，只為了寒暑假可以走遍許多地方，也許是山上，也許是海邊。他一邊錄下那些美麗壯闊的景色，一邊絮絮叨叨地說著話，然後將檔案寄給林綾的父親，央求對方將影片播放給林綾聽。

但是從今天起，花忍冬知道他再也不用一個人寂寞地去旅遊了。他凝視著滿臉淚痕的林綾，緊緊地將她抱進懷裡，壓抑許久的眼淚終於奪眶而出。

曾經被代神村村人視為神聖之地的槐山，此刻依舊綠意盎然，但原本的石板階梯卻幾乎被雜草所覆蓋。若不是夏春秋等人每隔一段時間就會來整理環境，或許也會被這片綠色弄得分不清東南西北。

此刻，從小徑盡頭延展出去的是一塊略顯平坦的空地，柔軟的綠草鋪滿地面，一棵棵槐樹則是呈圓環狀地將這塊地包圍起來。

在空地中央，是一棵比其他樹木高大不知多少倍的古老槐樹。

夏春秋與左容是最先抵達這裡的人，原本夏春秋是這樣認為的——歐陽明與葉心恬因為塞車會晚一些到，花忍冬則是先回家一趟——然而在看到槐樹前的身影時，他不敢置信地倒抽一口氣，以為眼前的一切不過是他終於思念成災而產生的幻覺。

枝葉繁茂的古老槐樹底下，身形嬌小的少女緊閉雙眼，烏黑的長髮就像是河流一般地披散而下，她單薄的肩膀被一隻大手緊緊環住。

手臂的主人是一名髮色艷紅的蒼白青年，線條過於鋒利的俊美臉孔顯得有些疲憊，眼下甚至隱隱可見青痕。察覺到有人上來時，他猛地抬起頭，眼底迸出的光是凌厲且懾人的。

那眼神就像是護著幼崽的野獸般，隨時都會齜出尖牙、揮出利爪，撕裂來犯的敵人。

但在看清楚上山的人是夏春秋與左容後，敵意與警戒雖然很快退去，但他的面色反倒流露出一絲慍意，甚至還惱怒地咂了下舌。

夏春秋滿心滿眼都只有那名黑髮白膚的少女，再也容不下其他。

他的妹妹個子抽高了，白瓷般的臉蛋褪去了小女孩時的稚氣，卻也增添了十來歲少女才會有的青澀感。

「小蘿……」夏春秋哆嗦著聲音，連指尖都在發顫了，那股又酸又澀的感覺幾乎要讓他無法呼吸。

紅髮青年想要將少女的肩膀攬得更緊，卻意外牽扯到垂著的右手，不禁皺了下眉頭、低嘶了聲。

夏春秋這時候才像是終於察覺到另一人的存在。

因爲對方穿的外套顏色深，看不出異狀，可若仔細一看，就會發現掌心底下已匯聚一小灘暗紅；而他們身後那棵巨大槐樹的樹幹竟出現一道深深的口子，不知被何種利刃劈的。

夏春秋看著那道可容納一人通過的口子，又看向紅髮青年，神色越發驚疑不定，一個大膽的猜測湧上心頭。

「左易，你……」

被喊出名字的那人只是掃去一記冷漠的眼神。

「春秋。」左容握住夏春秋的手，「需要我……」

她的話沒有說完，可是與她在一起多年的夏春秋自是知曉她想表達的意思。他搖搖頭，回握了左容的手再鬆開，主動走上前，在左易前方蹲下來，兩人目光平視。

自從七年前那件事之後，左易一步也不曾踏入代神村。他與夏春秋等人仍舊在綠野高中就讀，但除了上課時間之外，鮮少有人看到他的身影。根據左容的說法，左易似乎正在接受什麼訓練。

高中畢業後，左易便徹底與他們斷了聯絡，只有左容偶爾會帶來與他相關的隻字片語。聽說，左易繼承了母親那方的職業，在除靈業界闖下不小的名號。

此刻再看到這名四年未見的紅髮青年，夏春秋有種恍若隔世的感覺。

「別跟我道謝。」左易開口了，聲音低沉悅耳卻又讓人感到冰冷，少了絲人氣，「我是爲了我自己這麼做的。」

沉默了一會兒，夏春秋才給出如同嘆息般的回應。

「我知道。」

這三個字顯然出乎左易的預料，他挑了下眉，看向夏春秋的目光多了一股審視般的凌厲味道，就像在暗暗思量對方在打什麼主意。

「我也知道，我和左容若是沒有出現的話，晚些時候你就會直接帶走小蘿了。」

夏春秋的態度穩重又不失溫和，很難想像數年前他在與左易對話時，還會因爲驚恐而結結巴巴。

左易逸出一聲冷哼，彷彿就是「猜對了」的回答。

「你必須讓我帶小蘿回家，我爸和小姑姑已經等了太久了。」想到夏舒桐與夏舒雁得知妹妹沉睡在槐樹裡時的悲傷，夏春秋以更加堅定的語氣說道。

左易有自己的打算，但他也有他的堅持。

「然後，只要小蘿同意，你之後若是想帶她去哪裡，我不會阻止，並且會幫你說服我爸的。」

夏春秋認眞地看進那雙狹長的眼睛裡。

槐樹周邊一片寂靜。

左易緊抿薄唇，眼神仍舊冷厲，但攬住夏蘿肩膀的手卻慢慢鬆了開來。左容凝視著夏春秋的眼神是溫柔且引以爲傲的。

她所喜愛的這個人仍舊和以前一樣，性子靦腆又溫和，但是爲了最重要的人事物，永遠不會退讓。

她幫著夏春秋揹起尚未清醒的夏蘿，接著又看向扶著樹幹慢慢撐起身子的左易。

「要我扶你嗎？」

「我是傷到手不是傷到腳，妳眼睛瞎了嗎？」左易就算是對待自己的孿生姊姊也是辛辣不客氣的。

「我也只是隨口問問，不是很想扶著你走。」左容從口袋裡拿出手帕，示意他脫掉外套，好方便先替傷口做個臨時包紮。

「夏春秋知道妳個性那麼糟嗎？」左易陰冷地用眼刀剜了她一眼。

左容沒有回答，只是漫不經心地舉起右手，無名指上的戒指閃閃發光。

左易的表情就像吃到髒東西一樣，扭曲了一下。

夏春秋揹著妹妹走在前面，渾然不知手機裡的LINE群組正瘋狂地跳出訊息。

歐陽明：小夏、左容，你們快點下來。

歐陽明：你們一定不敢相信我們看到誰了。

葉心恬：林綾！我的天啊！林綾醒來了！

歐陽明：小夏，快下來幫我，我一隻手拉不住小葉了。

歐陽明：她想衝過去阻止花花。

歐陽明：啊，她眞的衝過去了，還一把推開花花……

左容拿出手機，唇角微微揚了下，飛快拍下前頭夏家兄妹的照片，然後再傳到群組裡。

七年前，他們悲慟欲絕地離開代神村。

七年後，他們終於可以再次聚首。

〈他們的再聚首時間〉完

後記

感謝夜風大，《春秋異聞》完美地達成了七彩封面成就。看到粉嫩嫩的紫色小蘿時，覺得她根本就是小仙女啊，不管是穿仙女羽衣還是穿制服的模樣都是超！級！萌！希望這麼萌的小蘿可以治癒看完這一集的你們。

感謝親愛的編編，這部書的最大推手就是她，因爲有她，春秋他們的故事才能變得更加完整。每次寫到小姑姑被關到小黑屋的時候，都不禁慶幸起我們家的編編可是人美心善XD

當然一定要感謝的，就是一路相陪的你們了，與我一起經歷了書中角色們的冒險與成長。在番外篇的時候，大家終於不再是青澀的高中生了，他們將會爲了各自的目標與未來努力著。

對了對了，你們有注意到嗎？《春秋7》的裡封藏著彩蛋喔。收到圖的時候只覺得眼前一片白，強烈地需要墨鏡啊。

至此，春秋他們的故事算是告一段落了，下一集番外的重心將會落在左易與小蘿身上。

雖然預告很像平行時空，但真的不是，想知道左易為什麼身高會縮水嗎？就……讓我先保密吧XD

照慣例附上感想區的QR碼，對於《春秋7》有什麼想法，歡迎告訴我喔。

醉琉璃

春秋異聞感想專屬QR Code
歡迎大家上來聊聊唷^^

【下集預告】

春秋異聞

十歲的夏蘿最近惡夢不斷，
堇姨送了兩隻可愛的幼鳥給她，
表示牠們可以幫忙驅逐惡夢。
與此同時，隔壁也搬來了新鄰居。
夏蘿前去拜訪，卻是一名紅髮小男孩出來應門。
對方看到她的第一個動作，竟是緊緊抱住她？！
這……到底，又是怎樣不可思議的事情？

番外・食夢鳥

2017,10月，精彩呈現！

國家圖書館出版品預行編目資料

春秋異聞.卷七,懸槐祭／醉琉璃 著.
——初版. ——台北市：魔豆文化出版：蓋亞文化
發行，2017.08
面； 公分.（Fresh；FS141）
ISBN 978-986-95169-0-7（平裝）
857.7 106011725

fresh FS141

春秋異聞

卷七 懸槐祭（完）

作者／醉琉璃
插畫／夜風 封面設計／克里斯
出版社／魔豆文化有限公司
地址◎ 台北市103赤峰街41巷7號1樓
電話◎（02）25585438 傳真◎（02）25585439
部落格◎ gaeabooks.pixnet.net/blog
臉書◎ www.facebook.com/Gaeabooks
電子信箱◎ gaea@gaeabooks.com.tw
投稿信箱◎ editor@gaeabooks.com.tw
郵撥帳號◎ 19769541 戶名：蓋亞文化有限公司
發行／蓋亞文化有限公司
法律顧問／宇達經貿法律事務所
總經銷／聯合發行股份有限公司
地址◎ 新北市新店區寶橋路二三五巷六弄六號二樓
電話◎（02）29178022 傳真◎（02）29156275
港澳地區／一代匯集
地址◎ 九龍旺角塘尾道64號龍駒企業大廈10樓B&D室
電話◎（852）2783-8102 傳真◎（852）2396-0050
初版一刷／2017年8月
定價／新台幣 220 元
Printed in Taiwan

ISBN／978-986-95169-0-7

魔豆

魔豆